패왕전생

DECA MEDIA

패왕전생 3

초판 1쇄 2025년 9월 15일

지은이 상현 · **발행인** 김정수 · **고문** 이종주
발행처 데카미디어 · **출판등록** 2025년 4월 17일
주소 서울시 영등포구 당산로 214 · **E-mail** tradejjang0@gmail.com
유통 · 판매 관리 (주)행운사 · **Tel** (031)901-1137 · **FAX** (031)901-4140
E-mail luckybogo222@naver.com · luckybogo222@daum.net

ISBN 979-11-7513-009-8 (3권)
ISBN 979-11-993499-9-5 04810 (세트)

3
패왕전생
상현 신무협 장편소설

차 례

1장

"……!"

모두가 경악했다.

설마 귀주현가의 장로를 단칼에 베어 버리다니?

치열한 접전을 펼쳤으면 이렇게 놀라지도 않았을 것이다.

연무흔이 실력자라는 사실은 잘 알려져 있었으니까.

하지만 연무흔은 시간을 끌지 않았다.

비겁하게 기습을 가한 것도 아니고, 오히려 기습을 당했는데 반격을 했다.

그런데도 한 방이었다. 그 사실이 구경꾼들에게는 충격으로 다가왔다.

하지만 충격보다는 슬픔을 느낀 이들도 있었다.

"네놈!"

방금 절명한 장로의 아들이 부모의 복수를 하러 뛰쳐나

갔다.

그는 귀주현가의 창응대주이자 현가 내에서도 촉망받는 기재였다.

분노에 가득찬 창응대주가 검을 휘둘렀다.

"네 목을 잘라 아버지의 영전에 바치겠다!"

그렇게 펼쳐지는 것은 귀주현가 특유의 환검이다.

연무흔은 자신에게 쏟아지는 서너 개의 잔상을 보았지만, 그것이 코앞까지 올 때까지 아무것도 하지 않았다.

할 필요가 없었기 때문이다.

쾅!

"크윽!"

묵직한 충격에 창응대주가 몇 걸음이나 뒤로 물러났다.

그는 놀란 눈으로 연무흔을 바라보았다.

지금 연무흔이 한 건 환영을 간파하고 진짜를 쳐 낸 게 아니었다. 그냥 앞에 있는 모든 궤적이 범위에 닿도록 월도를 휘두른 것이다.

무기의 특성상 느리고 비효율적일 수밖에 없는 공격.

하지만 그 비효율적인 공격이 자신의 환검보다 빨랐다.

그 말은 즉…….

'작정하고 공격한다면 나보다 훨씬-.'

서걱!

창응대주의 생각은 이어지지 못했다.

연무흔의 월도가 그의 목을 훑고 지나갔기에.

쿵.

두 번째 시체가 생겨났다.

연무흔이 담담히 말했다.

"다음."

"……!"

귀주현가 사람들은 정신을 차릴 수가 없었다.

처음에 죽은 장로도, 지금 죽은 창용대주도 현가 내에서 결코 약하다고 평가받는 이들이 아니었기 때문이다.

한데 그들이 제대로 반항조차 하지 못하고 죽었다.

단 삼 초도 버티지 못한 채로.

그들은 등골이 오싹해지는 느낌을 받았다.

투신문주의 실력이 이 정도였다고?

솔직히 예상하지 못했기 때문이다.

이 정도면 초절정 고수들 중에서도 상위권에 위치할 게 분명했다.

'빌어먹을.'

가주인 현호진이 마른침을 삼켰다.

자신을 비롯한 몇몇 강자들이라면 상대할 수 있긴 했다.

하지만 그건 승산이 있다는 뜻이지, 반드시 이길 수 있다는 확신이 아니었다.

만약 놈과 싸우다 죽기라도 하면?

귀주현가는 큰 전력을 잃는 것이다. 그러니 쉽사리 강자를 내보낼 수가 없었다.

'일단 적당한 녀석들로 놈의 체력을 빼놔야…….'

현호진이 그렇게 생각할 때였다.

"귀주현가는 다 겁쟁이들밖에 없는가?"

"……!"

연무흔이 도발에 현가가 웅성거렸다.

하지만 여전히 나서는 사람은 없었다. 만약 먼저 나섰다간 앞의 두 사람과 같은 처지가 될 것 같았으니까.

"그렇다면 내가 지목하도록 하지. 소가주는 어떤가?"

"……?!"

갑자기 지목당한 현종산이 눈을 크게 떴다.

"듣기로는 네가 살막의 살수들을 사주하는 데 큰 역할을 했다고 하던데."

"그, 그건……."

"변명하지 않아도 좋다. 어차피 이미 다 듣고 왔으니까."

연무흔은 피식 웃었다.

사실 이렇게 갑자기 밀어붙인 것도 어느 정도 목적이 있어서였다.

'애초에 저쪽에서 잡아떼면 살수를 보냈다는 증거가 안 남으니까.'

하지만 연무흔은 일단 선수를 쳐서 저쪽과 싸우는 분위

기를 만들었다.

그래서 일단 구경하는 이들에게 그런 일이 있었다는 확신을 준 것이었다.

일단 이렇게 저쪽이 혼란스러워하는 모습을 보이면 구경하는 측에선 연무흔의 말을 진실로 받아들일 확률이 컸다.

그렇지 않으면 상대적으로 덩치가 작은 문파가 이렇게 큰 가문을 들이박을 리 없다고 생각해서였다.

'애초에 확률이고 자시고 저쪽이 살수를 보냈다는 게 사실이기도 하고.'

게다가 일단 일이 시작되었으니 이젠 이유 따위는 중요하지 않았다.

연무흔 자신이든, 귀주현가든 이제 무를 수가 없게 된 것이다.

'그렇다면 끝을 보면 될 뿐이지.'

늘 그랬듯이 말이다.

"망할! 창응대! 뭣들 하느냐! 너희들의 대주가 죽었는데 복수를 해야지!"

현종산이 악을 썼다.

무슨 짓을 하더라도 지금 연무흔과 일대일로 대결하고 싶지 않았기 때문이다.

그는 자신의 실력을 잘 알았다. 현가의 소가주가 된 것도 가주의 장자라 된 것이지, 객관적인 무공 실력 자체는 별로 뛰어나지 않았다.

자신의 실력은 아까 죽은 창응대주보다 명백하게 아래.

그런데 그런 이를 단칼에 죽여 버린 사람과 싸워라?

절대 안 됐다. 어떻게든 이유를 만들어서 싸움을 피해야 했다.

"구차하구나, 현가의 소가주여."

연무흔은 그런 현종산을 보고 앞으로 나섰다.

"오지 않으면 내가 가겠다."

"히익!"

현종산이 기겁하며 뒤로 물러났다.

가문 사람들의 뒤에 숨는 모양새였지만 그는 전혀 개의치 않았다. 일단 살아남는 게 먼저였기 때문이다.

"멈춰라!"

그때 우렁찬 목소리가 연무흔의 앞을 가로막았다.

연무흔은 목소리의 주인을 바라보았다. 기다란 창을 치켜든 거한이었다.

"나는 현가의 현호상이다! 감히 현가의 앞마당에서 이런 참담한 일을 벌인 걸 후회하게 해 주마!"

"질풍창(疾風槍)!"

"슬슬 현가의 진짜 고수들이 나서는 건가?"

거한의 등장에 구경꾼들 사이에 웅성거림이 퍼져 나갔다.

질풍창 현호상은 귀주 전역에서 이름을 날리는 창의 명

수였기 때문이다. 또 그는 가문에 몇 없는 초절정의 고수로 가주의 배다른 동생이있다.

[형님! 제가 놈을 상대하는 동안 놈을 기습하십시오.]

[뭐? 안 된다! 그랬다간 본가의 체면이…….]

[놈이 원하는 건 이렇게 한 명 한 명 저희의 전력을 깎아먹는 겁니다! 더 이상 가문의 전력을 낭비할 수는 없습니다.]

현호상은 배다른 형인 현호진에게 전음을 날리고 기수식을 취했다.

"하아압!"

이내 그가 별호를 연상시키는 질풍 같은 창술을 펼쳤다.

연무흔의 눈에 안광이 번뜩이더니 언월도와 창이 충돌했다.

챙!

"호오."

"큭!"

연무흔은 눈앞에서 신음을 흘리는 현호상을 보고 꽤 감탄했다.

확실히 방금 상대한 두 명에 비해 지금의 창수는 준수한 실력을 지니고 있었기 때문이다. 손바닥에서부터 전해져 오는 찌릿찌릿한 감각이 그를 증명했다.

'무슨 이딴 괴물이!'

반대로 현호상은 경악할 수밖에 없었다.

그의 나이는 벌써 마흔이 넘었다.

귀주현가에 몇 없는 창수로 이름을 떨친 게 벌써 십 년이 넘었고, 초절정 중에서도 상당한 경지에 들었다고 자부하고 있었다.

한데 눈앞의 애송이는 이제 이십 대 중반 정도에 불과할 텐데 그런 자신의 창을 너무나 쉽게 받아넘기고 있었다.

계속해서 공격을 하고 있지만, 도저히 이길 수 있을 것 같지가 않았다.

[형님!]

그렇기에 현호상은 아직도 고민에 빠져 있는 가주를 부르짖을 수밖에 없었다.

하지만 현호진은 쉬이 결정을 내릴 수가 없었다.

'만약 여기서 놈을 기습했다간 본가가 지금까지 쌓아 올린 명성이 한순간에 무너지고 만다!'

귀주현가는 나름대로 정파를 자처하며 귀주 지역에서 영향력을 쌓은 가문이었다.

한데 이렇게 일대일 대결에 난입하여 상대를 죽인다?

명예가 땅으로 처박힐 뿐만이 아니라 그걸 빌미로 여러 세력에서 견제를 하려 들 것이다. 그렇다면 지금까지 그들이 가졌던 것들이 차례로 찢겨 나가 사라지게 되리라.

하지만.

[형님! 빨리 결단을!]

생사결의 양상은 점점 연무흔 쪽으로 기울고 있었다.

처음에는 속도에 밀리는 듯했으면서도 금방 적응했는지 현호상의 공격을 바로바로 받아치고 있었다.

아니, 이제는 받아치는 걸 넘어 현호상을 밀어붙이고 있는 상황.

특히 월도 특유의 묵직한 공격은 계속 해서 받아내기 힘든 것이었다.

이대로 놔두면 현호상은 저 무게를 이기지 못하고 그냥 으깨지고 마리라.

이제 결단을 내려야 했다.

"현가의 무인들은 들어라! 지금부터 수단과 방법을 가리지 않고 저 악적을 참하라!"

"……!"

현호진의 선언에 구경하던 이들이 경악했다.

명문가인 귀주현가가 설마 여기서 끼어드는 짓을 할 줄은 몰랐다는 반응이었다. 그것은 구경꾼 사이에 있던 여러 세력 사람들도 마찬가지였다.

하지만 이미 상황은 주워 담을 수 없을 정도로 엎어진 상태였다.

"놈을 죽여라!"

"와아아아아!"

가장 먼저 대주를 잃은 창응대가 반응해 연무흔에게 덤

벼들었다.

연무흔은 현호상이 찔러 오는 창을 피하면서도 창응대원의 공격을 막아 냈다.

하지만 언뜻 보기에 궁지에 몰린 상황에서도 그의 미소는 사라지지 않고 있었다.

"결국 이렇게 나오는구나. 그럴 줄 알았다."

"닥쳐라! 내 너를 죽여 대주의 복수를……."

쾅!

분노해 무어라 소리치던 창응대 부대주의 머리가 박살났다.

"주군!"

"문주님을 지켜라!"

귀주현가 전체가 연무흔을 노리자 투신문도들도 가만히 있지 않았다.

소진호는 분노한 얼굴로 연신 준비해 둔 돌을 던졌다.

쾅! 쾅! 콰앙!

"끄악!"

"컥!"

한 번 돌이 날아갈 때마다 빛이 번쩍이며 귀주현가 무인들의 머리가 터져 나갔다.

그들은 공포 어린 눈으로 소진호를 바라보았다. 마치 돌을 한 번 던질 때마다 번개를 쏘아 대는 듯했다.

"이 미친……."

"거, 겁먹지 마라! 저쪽은 어차피 소수다! 다 죽여 버려!"

하지만 그러는 와중에도 정확한 상황 판단을 하는 이들이 없는 건 아니었다. 귀주현가의 무인들이 우선 소진호를 죽이기 위해 달려들었지만.

"철검문! 우리의 형제들을 보호하라!"

"와아아아아아아!"

의외의 복병이 나타났다.

사건이 터졌다는 걸 전해 들은 금초휘가 철검문의 전력을 이끌고 현장에 나타났기 때문이었다.

그들은 객관적으로 귀주현가의 전력보다 떨어졌지만, 그래도 소진호를 보호하기에는 충분했다. 현가의 무인들은 쉽사리 그에게 다가갈 수 없었다.

철검문뿐만이 아니었다.

"하하핫!"

촤학!

가녀린 팔에 어울리지 않는 태도(太刀)가 현가 출신의 절정 무인을 베었다.

북사도련의 간부, 절영도 혜령의 솜씨였다.

그녀는 재미있다는 듯 깔깔 웃으며 전장을 휘젓기 시작했다. 그녀의 정체를 알아본 현가의 누군가가 소리쳤다.

"절영도! 북사도련이 왜 투신문의 편을 드는 것이오?!"

“글쎄요. 당신들이 평소 귀주제일가니 뭐니 하면서 꺼드럭거리던 게 마음에 안 들어서?”

“이런 미친! 이 행동은 북사도련 측에 엄중히 항의…….”

“항의는 당신들이 내일까지 살아 있어야 할 수 있는 게 아닐까요?”

그녀는 깔깔거리며 자신에게 달려드는 무사를 베었다.

‘숟가락 얹는 솜씨가 귀신같군.’

연무흔은 그녀를 보고 피식 웃었다.

하지만 덕분에 큰 도움이 된 것도 사실이었다.

절영도는 북사도련의 귀주지부 책임자인 만큼 고강한 무공을 지니고 있었다.

‘아직 저울이 맞지 않지만, 이 정도면 충분하지.’

연무흔은 그렇게 생각하며 투신기를 끌어올렸다.

쿠구구궁!

전장에 압도적인 존재감이 드러난다.

모두가 놀란 눈으로 연무흔을 바라보았다.

방금과는 비교도 할 수 없는 패도적인 기운이 사방으로 퍼져 나가고 연무흔의 월도에 빛이 어렸다.

“……!”

촤학!

갑작스러운 변화에 계속해서 공방을 나누던 현호상의 목이 허공을 날았다.

연무흔은 방금까지 싸웠던 적수의 죽음에 개의치 않고 섭벽은 현가의 무인들을 향해 날려들었다.

전장에 투신(鬪神)이 강림했다.

귀주현가의 가주, 현호진은 지금 자신이 악몽을 꾸고 있는 게 아닌지 의심했다.

그도 그럴 것이, 영원할 것 같았던 자신의 가문이 실시간으로 무너지고 있어서였다.

"으아아아악!"

"멈춰! 오지 마!"

"도, 도망쳐라!"

그들이 자랑했던 무력대는 비명과 함께 쓸려 나가고 있었다.

그리고 그들을 쓸어버리고 있는 자는 고작 이십 대 중반도 안 됐을 것 같은 청년이었다.

연무흔.

세간에는 투룡이라 불리는 자.

그는 지치지도 않는지 저 무거운 언월도를 끊임없이 휘두르고 있었다.

한번 검이 번쩍일 때마다 무인 한 명의 목숨이 끊어졌다.

보다 못한 가문의 고수들이 그에게 달려들어 시간을 끌어 보지만, 그들조차 얼마 버티지 못하고 같은 곳으로 떠나고 말았다.

'도대체 어떻게……?'

분명히 초절정 고수 이상으로 보이지는 않았다.

한 방, 한 방의 위력이 강하기는 하지만 속도가 그렇게 빠른 것도 아니고, 충분히 대응할 수 있었다.

하나 그럼에도 불구하고 그를 막을 수 있는 사람이 없었다.

연무흔에게는 마치 동 경지에 있는 무인들에게는 없는 '무언가'가 있는 것 같았다.

"네놈! 도대체 정체가 뭐냐!"

현호진은 거의 울부짖듯이 소리를 질렀다.

그의 소리에 반응한 연무흔은 대답 대신 무언가를 던졌다.

살수들이 사용하던 단검.

쿵!

"……!"

정확히 목젖을 노리고 날아온 단검에 기겁한 현호진이 옆으로 움직여 공격을 피해 냈다.

연무흔은 그것으로 충분히 대답이 됐다는 듯 피식 웃을 뿐이었다.

"놈!"

분노가 끓어올랐다.

고작 아들뻘인 녀석한테 이런 모욕을 당해야 하다니?

동시에 위기감도 느껴졌다. 이미 기세는 두신문으로 넘어갔다. 지금 이 싸움이 유지되면 패하는 쪽은 현가가 될 것이다.

'설령 이긴다고 해도 최소 몇십 년은 회복할 수 없는 상처를 입겠지.'

그래서는 안 됐다. 현호진은 귀주현가의 가주로서 도저히 그 꼴을 볼 자신이 없었다.

결국.

"모두! 잠혈단의 사용을 허락하겠다!"

그는 최후의 결단을 내리고 말았다.

잠혈단이라는 말에 많은 사람이 놀라서 그를 바라보았다. 특히 조금 떨어진 곳에서 상황을 살피던 무림맹과 정파 쪽 사람들은 눈을 부릅뜨고 그를 바라보았다.

"잠혈단이라고?!"

"그럼 적수의의 뒤에 현가가 있었다는 소문이 사실이었단 말인가!"

그 수군거림을 들은 현호진은 입술을 깨물었다.

이렇게 된 이상 절대로 정파 문파로 복귀할 수는 없겠지.

아니, 정파가 문제가 아니라 이제 이 귀주 땅에 온전하게 남아 있을 수는 없을 것이다.

무림맹을 비롯한 정파 세력 측에서 자신들을 가만두지 않을 테니까.

'하지만 이 자리에서 전멸하는 것보다는 낫다!'

살아만 있다면 '교'의 아래서 다시 재기할 수 있을 것이다.

그렇게 된다면 다른 곳에 다시 터를 잡아 신분을 속이고 정파 행세를 할 수도 있겠지. 아니면 아예 교의 중추 세력이 되는 것도 괜찮은 선택이었다.

"크아아아아악!"

가주의 명에 따라 잠혈단을 복용한 가솔들이 절규를 내뱉었다.

잠력을 폭발시키고 진원진기를 끌어 쓰는 잠혈단의 사용은 상당한 통증을 수반했다. 하지만 그 이상으로 차오르는 것은 미칠 듯한 희열과 폭력성.

그리고 압도적인 힘.

"죽어!"

"큭!"

챙!

연무흔을 보조하기 위해 적진 한가운데에서 난전을 펼치던 곽향이 인상을 찌푸렸다.

분명 경지도 낮고 방금까지 상대도 안 됐던 무인들 하나하나가 지금은 상당히 위협적으로 변해 있었다. 잠혈단을 사용함으로써 순식간에 전력이 오 할은 상승한 것 같았다.

'다행히 수량이 적었는지 잠혈단을 사용한 건 간부급들 밖에 없는 것 같지만…….'

그래도 위험한 것은 위험한 것이었다.

곽향은 괴성을 지르며 덤벼드는 현가의 무인을 베어 낸 뒤 걱정 어린 표정으로 연무흔을 바라보았다. 그는 이미 수많은 적들에게 표적이 되어 둘러싸여 있었다.

"주군!"

대답은 없었다. 그럴 시간은 없었으므로.

하지만 연무흔은 월도를 휘두르는 것으로 자신의 존재감을 내비쳤다.

놀라운 광경이 펼쳐졌다.

분명 상대는 강해지고, 훨씬 더 빨라졌고, 또 난폭해졌음에도 정작 펼쳐지는 싸움의 양상은 아까와 크게 다르지 않았기 때문이다.

쳐 내고, 베고, 흘리고, 베고, 베고, 다시 막고 베는 것의 반복.

그 와중에 손아귀는 터지다 못해 피범벅이 되었고, 어깨나 허벅지, 종아리나 등에 검상이 새겨졌지만 그는 전혀 개의치 않았다.

연무흔은 정말로 묵묵히 자신을 향해 달려드는 적들을 도륙해 나갔다.

이미 그의 주변에는 시체로 이뤄진 작은 산이 쌓여 있을 지경이었다.

“이, 미친…….”

현호진은 덜덜 떨리는 눈으로 그를 바라보았다.

분명 같은 사람이다. 같은 사람일진대 도저히 사람같이 느껴지지가 않았다.

그것은 잠혈단을 복용한 이들도 마찬가지였는지 모두가 공포에 젖은 표정으로 연무흔을 바라보았다.

그 모습이 어찌나 두려운지 이제 덤벼드는 이들도 별로 없을 정도였다.

당연했다.

아무리 잠혈단으로 폭력성을 끌어올리고 이성을 흐리게 만든다고 해도, 상대는 시산혈해를 실제로 구현한 괴물.

그 모습을 보고 두려움을 느끼지 않는다면 사람이 아니었다. 소가주 현종산을 포함한 몇몇은 이미 가솔들을 버리고 도망치기까지 했다.

‘정말…… 이대로 현가는 끝이란 말인가?’

현호진은 그렇게 생각하며 절망에 빠졌다.

자신이 나선다고 해도 저놈을 죽일 수 있다는 생각이 전혀 들지 않았기 때문이다.

그렇게 좌절하고 있던 그때.

“쓸모없는 놈들 같으니라고.”

콰앙!

전장에 누군가가 난입했다.

"……."

연무흔은 눈앞에 나타난 남자를 바라보았다.

언뜻 보기에는 평범해 보이는 남자였다.

눈에 띄는 인상도 아니었고, 입고 있는 옷도 양민들이 자주 입는 옷이었으니까.

하지만 그에게서 흘러나오는 기세는 보통이 아니었다.

연무흔은 상대가 이곳에서 가장 강한 자라고 확신했다.

그에게서는 그만한 평가를 받을 만한 힘이 느껴졌다.

"고작 작은 문파 하나 처리를 못 해서 이 난리를 치는 것이냐?"

"그, 그것이……!"

상대의 정체를 짐작한 현호진이 쩔쩔매면서 말을 더듬었다.

하지만 남자는 더 이상 현호진을 바라보고 있지 않았다.

그와 연무흔의 시선이 마주쳤다.

"혈천교에서 온 놈이냐?"

"호오."

연무흔의 물음에 남자가 재미있다는 듯 입꼬리를 올렸다.

그는 품속에 있던 검 한 자루를 뽑아 들며 물었다.

"본 교에 대해 아느냐?"

"아는 만큼은 알지. 과거 패왕에게 당해 철저하게 몰락했다는 것까지도. 설마 그 잔당이 이 시대에도 남아 있을 줄은 몰랐군."

"……!"

연무흔의 말에 남자의 인상이 찌푸려졌다.

그는 이를 으득 갈며 경고했다.

"말조심하라. 본 교는 몰락하지 않았다. 단지 잠시 물러나 힘을 키운 것뿐이지."

"우습구나. 교주의 머리통이 뽑히고 사도들의 목이 일렬로 장대에 내걸렸는데 몰락하지 않았다고? 그걸 잠시 물러난 거라고 표현한 것이면 네 언어 능력에 심히 문제가 있음이 분명하다."

"놈……!"

사내는 분노하면서도 당황했다.

도대체 저놈은 뭐길래 혈천교의 몰락 당시를 저렇게 생생하게 묘사하는 것인가?

하지만 연무흔은 그럴 수밖에 없었다.

당시 직접 혈천교주의 목을 뽑고, 부하들로 하여금 사도들을 사냥하게 시킨 사람이 바로 패왕이었기 때문이다.

"어디 무공 실력도 혓바닥 놀리는 것만큼 뛰어난가 보자!"

혈천교인은 분노한 얼굴로 연무흔에게 달려들었다.

무척이나 빠른 속도.

연무흔의 눈이 가늘어졌다. 확실히 아까 느낀 대로 그의 실력은 이곳에 있는 적들 중 제일이라고 할 수 있을 것 같았다.

'그러니까 혈천교 측에서도 혼자 보낸 거겠지.'

이 정도 실력이라면, 현가주가 딴마음을 먹지 못하도록 제어하고 문제가 생기더라도 처리하기에 충분할 테니 말이다.

다만.

카앙!

월도와 검이 부딪치고 불똥이 튀었다.

혈천교인은 손아귀에서 느껴지는 강한 충격에 인상을 찌푸렸다.

분명히 저 무거운 언월도를 들고 한참을 싸웠을 텐데도 상대에게서 느껴지는 힘은 상상 이상이었다.

'일부러 놈의 힘이 소모되기를 기다리다 나왔건만…… 저 괴물 놈은 지치지도 않는단 말인가?'

정말 괴물이라는 말이 아깝지 않은 놈이었다.

혈천교인은 생각했다.

'도대체 어디서 튀어나온 놈인지는 몰라도 장차 본 교에 대적(大敵)이 될 만한 놈이다. 무리를 해서라도 없애 버려

야 해.'

그렇게 생각한 혈천교인의 눈이 붉은색으로 빛났다.

"마공이다!"

누군가 그 모습을 보고 소리쳤다.

붉어진 눈동자는 마공의 가장 큰 특징 중 하나였기 때문이다.

동시에 강해지는 근력과 빨라지는 반응속도.

품고 있는 기가 폭발하듯 솟구치며 온몸에 활력이 돌았다.

혈천교인은 입가를 비틀며 검초를 펼쳤다. 곧 무시무시한 검격이 연무흔을 향해 쏟아졌다.

"주군!"

멀리서 지켜보고 있던 소진호가 깜짝 놀랄 만큼 빠르고 강맹한 초식이었다.

연무흔은 즉시 월도를 휘둘러 날아오는 공격의 궤적을 빗겨 냈다.

피슉!

하지만 완전히 피하진 못한 건지 그의 목에 자그마한 상처가 생겨났다.

혈천교인은 깔깔 웃으며 계속해서 검격을 몰아쳤다.

채채채챙!

순식간에 열댓 번의 합이 오가고 그때마다 연무흔의 몸에 조금씩 상처가 누적됐다.

"제기랄!"

그 모습을 지켜볼 수 없었던 곽향이 앞으로 뛰어 선투에 난입하려고 했다.

하지만 그를 막은 건 바로 현가의 가주인 현호진이었다.

'이길 수 있다!'

그는 이제 역전된 듯한 상황에 무척이나 흥분하고 있었다.

이제 혈천교에서 온 무인이 연무흔의 목을 베면 완전히 분위기가 뒤바뀌리라.

'그렇게 된다면 나머지 놈들을 다 죽이고 이 자리를 뜰 수 있다!'

처음 생각한 계획을 실행할 수 있게 되는 것이다.

잠혈단까지 복용한 현호진은 이전보다 훨씬 강해진 검초로 곽향을 몰아쳤다. 곽향은 이를 악물고 자신의 주군을 간절히 바라보았다.

그런데.

"……."

분명 불리한 상황임에도 연무흔은 전혀 몰린 것 같지 않아 보였다.

그의 눈빛은 마치 바람 불지 않는 호수처럼 고요했다.

그 광경을 보고 있던 이들은 모두 이상함을 느꼈다.

'뭐지?'

분명 그가 밀리는 상황인데, 자칫하면 죽을 수도 있는

상황인데 저렇게 평온하다는 게 이해가 되지 않아서였다.

"이……!"

혈천교인은 그런 연무흔의 태도가 마음에 들지 않았다.

그는 연무흔이 고통스러워하고, 불안에 떨며, 공포에 질려 목숨을 구걸하는 걸 원했다.

결국 그의 손에서 절초라 할 수 있는 초식이 펼쳐졌다.

파바밧!

예상치 못한 경로로 꺾이며 상대를 압박하는 오 연속의 베기.

하지만 연무흔은 침착하게 한 걸음씩 뒤로 물러나며 그 공격을 완전히 막아 내었다.

혈천교인의 눈에 쌍심지가 켜졌다. 그는 다시 한번 검을 들어 연격을 펼치려고 했지만.

"그게 끝이냐?"

예상치 못한 말에 그만 멈칫하고 말았다.

당황한 혈천교인이 입을 벌리고 되물었다.

"뭐?"

"보여 줄 건 그게 끝이냐고 물었다."

쿠구구구궁…….

분위기가 바뀌었다.

대기가 떨리고, 혈천교인은 순간 연무흔의 모습에서 무서운 얼굴을 한 신장(神將)을 보는 것 같은 착각이 들었다.

그는 순간적으로 당황하며 한 걸음 물러났다.

연무흔은 그런 혈천교인을 보며 피식 웃었다.

"아무래도 정말 없는 것 같군."

"……!"

"조금 기대했는데 여전히 별 볼 일 없는 놈들이구나. 그렇다면……."

연무흔의 눈이 서슬 퍼런 살기를 내뿜었다.

"이젠 내 차례다."

쾅!

그의 신형이 폭풍과 같이 쇄도했다.

혈천교인은 기겁하며 날아오는 공격을 막아 냈다.

쩌어엉!

사방으로 커다란 충격음이 울려 퍼졌다.

혈천교인은 경악하며 연무흔을 바라보았다. 무시무시한 충격이 손아귀를 타고 전해지고 있었다.

"네놈은 지치지도 않는 것이냐?!"

혈천교인이 절규하듯 부르짖었다.

연무흔은 이곳에 그냥 온 게 아니었다.

살수들과 싸우고, 그 살수들을 고문하고, 이곳에 와서 연전을 펼치고 있는 것이었다.

하지만 그는 마치 아무 일도 없었다는 것처럼 쌩쌩하게 자신의 전력을 발휘하고 있었다.

아니, 심지어 싸우면서 점점 더 강해지는 것 같았다.

'이쯤이면 슬슬 힘들어서 허덕이고 있을 텐데!'

그런데 어떻게 이 정도 위력의 공격이 가능하단 말인가?

"평소 체력 단련을 열심히 했지."

연무흔이 피식 웃으며 답했다.

물론 사실은 진짜 이유가 하나 있긴 했다.

'투신지로.'

이 무시무시한 무공은 싸우면 싸울수록 강해지고 기운이 솟아오르는 특성이 있었다.

정말로 전쟁에 특화되었다고 볼 수 있는 투신의 무공.

그렇기에 아까부터 마르지 않는 화수분처럼 내력을 펑펑 써 댈 수 있는 것이었다. 실제로 체력이 좋은 것도 한몫했고.

"놈!"

혈천교인이 분노해서 연무흔의 목을 노리고 검을 휘둘렀다.

연무흔은 막거나 피하지 않았다.

오히려 역으로 상대방의 목을 노리고 공격할 뿐.

"빌어먹을!"

그러면 당황해서 물러나는 건 혈천교인이었다.

아무리 봐도 저쪽의 속도가 더 빠르니, 덤벼 봐야 자신의 목부터 날아갈 것 같아서였다.

동귀어진을 하면 했지, 이렇게 일방적으로 당하는 건 사양이었다.

퍽!

"윽!"

그때, 무기를 휘두른 방향으로 기습적인 발차기가 이어졌다.

쿠당탕!

혈천교인은 그것을 피하지 못하고 몇 바퀴나 바닥을 구르며 튕겨 나갔다.

그는 즉시 자리에서 일어나 검을 들어 올렸다. 어느새 다가온 연무흔의 월도가 머리 위로 떨어지고 있어서였다.

콰칭!

"끄아아아악!"

하지만 그는 곧 터져 나오는 상처를 보며 비명을 내지를 수밖에 없었다. 완전히 막지 못한 내려치기가 그의 검을 박살 내고 어깨에 깊은 상처를 내었기 때문이다.

조금만 더 얕았더라면 아예 통째로 팔이 잘려 나갔을지도 모르는 상황.

게다가 이젠 무기까지 잃었다.

혈천교인은 당황하며 뒤로 물러났다.

후퇴해야 했다. 저 괴물과 더 싸웠다가는 반드시 죽고 말 것이다.

"쓸모없는 놈들! 뭣들 하느냐! 저놈을 막아!"

그렇기에 그는 귀주현가 사람들을 향해 소리를 질렀다.

하지만 그에 반응해 연무흔에게 달려드는 이는 아무도 없었다.

"눈치 보지 말고 가라고! 싸우란 말이다!"

하지만 아무리 악을 써 봤자 지금까지의 전투를 본 사람들이 움직일 리가 없었다.

특히 지금 명령을 내리는 사람은 현가 사람도 아니고 외부인이지 않은가?

현가의 상층부야 교에 대해 잘 알고 있고 충성을 바치고 있지만, 현가의 핏줄을 잇지 않은 평범한 무인들은 그에 대해 잘 몰랐다.

아니, 오히려 자신이 충성을 바친 가문이 잠혈단 같은 걸 만들고 사용한다는 것에 큰 충격을 받은 상태였다.

그래서 그들은 제대로 싸우지도 않고 어쩔 줄 몰라 하고 있었다.

"아무래도 네 목숨을 살려 줄 사람은 없는 것 같군."

자신에게 덤벼드는 사람이 아무도 없자, 연무흔은 그렇게 말하며 진각을 밟았다.

쿵!

거센 힘이 폭풍처럼 몰아치며 현월의 칼날을 휘감았다.

연무흔은 그대로 일격을 내질렀다.

무극단천.

좌학!

계속해서 악을 지르던 혈천교인의 몸이 대각선을 그리며 갈라졌다.

그는 멍하니 자신의 죽음을 바라보았다. 도저히 믿기지 않는다는 표정이었지만.

"아……."

무어라 말을 하기도 전에 그의 눈빛에는 생명의 빛이 사라졌다.

쿵.

두 동강 난 혈천교인의 시신이 바닥을 굴렀다.

정적이 일었다. 모두가 연무흔을 주목했다.

귀주현가의 사람들은 최후의 희망이 사라졌다는 사실에 겁에 질렸고, 투신문도들은 격한 전투를 치렀음에도 밝게 웃으며 자신들의 주군을 바라보고 있었다.

"살아남은 귀주현가의 가솔들에게 고한다."

연무흔은 차분한 목소리로 말을 꺼냈다.

그는 서두르지 않고 주변을 둘러보았다.

사기는 떨어지다 못해 저 지하를 뚫고 내려갔지만 아직도 많은 숫자의 현가 무인들이 남아 있었다.

이들을 모두 죽이는 것? 가능했다. 하지만 그건 취향도 아닐뿐더러 비효율적이었다.

차라리 그들을 타일러서 포용하는 게 낫다.

"아마도 너희들은 귀주현가의 지도부에게 속고 있었을 것이다."

"……!"

"그렇지 않으면 정파 출신의 무인들이 잠혈단 같은 비인도적인 것을 용납할 리가 없었겠지. 아마 존재도 몰랐으리라고 짐작된다."

연무흔의 말에 몇몇 무인들이 고개를 끄덕였다.

실제로 외부에서 영입한 무인들 중 많은 숫자가 혈천교의 존재는커녕 잠혈단과 연관이 있다는 사실도 모르고 있었다.

"그러니 너희에게 기회를 주겠다."

"기, 기회?"

"그래. 너희의 순수성을 증명할 수 있는 기회."

연무흔의 입가에 미소가 떠올랐다.

"지금부터 너희들 스스로 잠혈단을 만들고 혈천교라는 사교에 투신한 이들을 제압하라. 아마 현가 성을 가진 놈들이나 대주 이상의 간부들은 전부 적이라고 봐도 되겠지."

"……!"

"그, 그게 무슨!"

"듣지 마라! 저놈이 지금 이간계를 펼치고 있는 것이다!"

상황이 심상치 않게 돌아간다는 걸 깨달은 몇몇 지도부

사람들이 경악하며 외쳤다.

하지만 연무흔의 말은 그 와중에도 계속되었다.

"그렇다면 너희들은 무고하다고 판단해 죄를 묻지 않을 것이다. 나 투신문주 연무흔의 이름으로 보장하겠다."

"……!"

모두가 놀라서 눈을 부릅떴다.

연무흔의 말이 너무 충격적이었으니까.

하지만 그것도 잠시였다.

"사교 놈들과 붙어먹은 더러운 놈들!"

"이, 이것들이 감히!"

"모두 사로잡아라! 아니, 죽여라!"

"우리는 당신들 때문에 죽기 싫소!"

챙! 챙! 챙!

순식간에 전황이 바뀌었다.

방금까지 아군이었던 이들이 칼을 돌려 자신의 상관과 동료를 공격했다.

연무흔은 그 모습을 보며 흐뭇하게 웃고는 고개를 돌렸다.

가주인 현호진 또한 외부인으로 구성된 식객들에게 공격을 받고 있었다.

"이놈들이 감히! 이 은혜도 모르는 버러지들!"

"사람을 이용해서 단약을 만들어 파는 더러운 새끼한테 그런 말을 듣고 싶진 않다!"

물론 무공 자체는 현호진을 비롯한 수뇌부 쪽이 훨씬 뛰어났으나…….

"네놈들의 더러운 욕심 때문에 내 동료들이 죽었어!"

"가만두지 않겠다!"

살길을 찾은 무인들은 필사적이었다.

연무흔은 그들의 분투를 보고 신호를 보냈다.

곧 잠시 상황을 관망하던 투신문 사람들이 나서서 평무사들이 어쩌지 못하는 강자들을 하나씩 쓰러뜨렸다.

시간은 흘러 거의 날이 밝아 오고 있었다.

주변은 시체로 가득했고, 피는 강이 되어 귀주현가의 마당을 타고 흐르고 있었다.

귀주현가 측 사람들 중에 남은 것은 현호진을 비롯한 극소수뿐.

"이, 빌어먹을, 개자식."

현호진은 헉헉거리면서도 연무흔을 향해 욕설을 내뱉었다.

연무흔은 피식 웃으며 그의 말을 받았다.

"그래도 살려 달라는 말은 안 하는구나."

"혈천교가 너희를 가만두지……."

서걱!

현호진의 목이 하늘을 날았다.

주인 없는 몸체가 바닥으로 떨어지고, 연무흔은 그의 목을 벤 언월도를 높게 치켜들었다.

"우리가 이겼다!"

"와아아아아아아아!"

밤새 싸우던 아군의 함성이 쩌렁쩌렁 울려 퍼졌다.

한때 귀주제일가라고 불렸던 귀주현가가 비참하게 몰락하는 순간이었다.

워낙 격한 싸움이었기에 뒤처리를 하는 것도 만만치 않았다.

연무흔은 고민하지 않고 다른 세력들에게 도움을 청했다.

어찌 보면 그들이 숟가락을 올려 둘 수 있게 기회를 주는 행위였으나…….

'우리끼리 처리하다 보면 어차피 견제가 들어온다.'

그렇게 싸워서 시간을 낭비할 바엔 조금 지분을 나눠 주고 도움을 받는 게 훨씬 나았다.

시체 처리는 물론 포로들을 제압하는 것까지.

솔직히 문도 수가 몇 되지 않는 투신문으로서는 아직 그 뒤처리를 하는 것이 벅찼기 때문이다.

하지만 그는 대신 철저한 기준을 세웠다.

'현가가 가지고 있던 중요한 알맹이는 우리가 전부 먹어

야 한다.'

당연한 일이었다.

그는 사태를 정리하는 즉시 남은 잠혈단이 있나 조사한다는 명목으로 현가의 창고와 재경각에 방문했다.

과연 귀주에서 제일가는 세력을 자랑하던 곳이라 이걸까.

창고는 온갖 돈 되는 물건으로 가득했고, 재경각에 있는 은과 금은 투신문이 가지고 있는 것의 열 배가 넘었다.

하지만 연무흔은 그것보다 현가가 운영하고 있던 상단이나 점포 등에 집중했다.

주로 현가에 보호비라는 이름의 상납을 바치는 곳들이었다.

연무흔은 그들의 대표들을 한데 불러 놓고 말했다.

"더 이상의 상납은 없을 것이오."

"……!"

갑작스러운 선언에 모두가 놀란 표정을 지었다.

그들은 갑자기 귀주현가가 망했다길래 무슨 일이 있을까 불안해하던 상황이었다. 어쩌면 이전보다 훨씬 혹독한 상납을 바쳐야 할 수도 있다고 생각했다.

한데 상납이 없다니.

"우리 투신문은 사람이 부족해 그대들을 보호해 줄 인력이 없기 때문이오. 보호비를 받을 근거가 없으니 받지 않을 수밖에 없지."

"가, 감사합니다! 대협!"

포목점을 운영하던 중년의 사내 하나가 환해진 얼굴로 고개를 숙였다.

다른 상단이나 점포의 주인들도 만족한 얼굴이었다. 어차피 말이 보호비지, 귀주현가 측에서 문제가 생겼을 때 해결해 준 적은 거의 없었기 때문이다.

"다만 이러면 혹시나 문제가 생겼을 때 해결할 방법이 없잖소?"

하지만 연무흔의 말은 아직 끝나지 않았다.

"그러니 나는 여러분과 연합(聯合)을 하여 하나의 조직을 만들려고 하오. 우리 모두의 이익을 대변할 수 있고, 서로가 서로를 도와 문제를 해결할 수 있도록 말이오."

"그, 그건……."

몇몇 이들의 표정이 굳었다.

말이 조직을 만들자는 거지, 이건 이름만 바꾼 보호비나 다름이 없게 느껴졌기 때문이다.

그럼 그렇지 하는 반응으로 회의장이 가득 찼다.

하지만.

"물론 조직에 들어온다고 해서 회비를 걷거나 할 생각은 없소. 귀주상인연합회, 그러니까 귀주상연의 회비는 무료고 참가하기 싫으면 참가하지 않아도 좋소. 이는 나, 투신문주의 이름을 걸고 불이익이 없을 거라 약속하지."

"저, 정말 회비가 없습니까?"

"그렇소. 회의 운영은 자발적인 기부금으로 충당될 것이오."

연무흔의 말에 몇몇 사람들이 놀랐다는 표정을 지었다.

반대로 몇몇 눈치 빠른 사람들은 저기 숨어 있는 그의 의도를 읽어 낼 수 있었다.

'연합이 만들어지면 어차피 귀양은 물론 귀주의 대다수 상인들이 가입할 확률이 높다.'

'말로는 참가가 자유라고 하지만 남들이 전부 가입하면 가입하지 않은 곳들도 들어오지 않고는 못 배기겠지.'

'하지만 그렇게 많은 이익 집단이 합류하면 필연적으로 분쟁이 날 수밖에 없을 터.'

'그렇다면 그 분쟁의 승자는 처음부터 가입해 있거나 기부금을 많이 낸 사람이 되지 않을까? 그것이 조직의 생리니까.'

'그리고 중간에 중재하는 척을 하며 수수료를 챙길 수도 있겠군. 이런 거대한 세력을 만들어 목줄을 쥐는 것은 덤이고.'

'투신문주. 과연 소문대로 무서운 자다. 무력만 강한 게 아니라 심계도 보통이 아니야.'

몇몇 상단의 주인들은 재빠르게 계산을 마치며 공포에 떨었다.

하지만 그들로서도 이 제안을 반대할 이유가 없었다.

어쨌든 덩치가 크고 기부금을 많이 낼수록 영향력이 강할 수밖에 없으니, 자신들은 남들보다 유리한 위치에서 시작하는 것이었다.

물론 투신문도 이익을 얻겠지만 훗날 자신들에게 돌아올 이익도 상당할 게 분명했다.

그걸 떠나 하나가 된 상인연합체에 속해 있다는 건 다른 지역의 상인들을 상대할 때도 큰 우위를 점할 수 있게 된 거나 마찬가지.

"저는 찬성합니다!"

"과연 묘안이시군요. 투신문주님에게 감탄했습니다."

"저희 상단도 참여하겠습니다!"

그 자리에 있던 상인들이 하나둘 귀주상연에 대한 가입 의사를 밝혔다.

연무흔은 초대 회주 자리에 현재 백운상단을 이끌고 있는 신종산을 추천했다.

잡음이 없는 건 아니었지만 투신문의 기세가 워낙 강해 큰 문제는 없었다. 결국 신종산은 문제없이 상연의 초대 회주가 될 수 있었다.

투신문이 귀주의 상권을 장악하는 순간이었다.

2장

투신문은 그야말로 축제 분위기였다.

그럴 수밖에 없었다.

축하하지 않고서야 못 배길 정도로 그들이 이루어 낸 성취는 컸기 때문이다.

"설마 정말로 그 귀주현가를 무찌를 수 있었을 줄이야……."

철우는 아직도 믿기지 않는다는 듯 얼떨떨한 얼굴로 중얼거렸다.

낭인으로 오래 활동한 그인 만큼 현가가 얼마나 성세 있는 가문인지 알고 있었다.

그런데 그런 곳을 만든 지 일 년도 채 지나지 않은 문파가 박살을 내 버린 것이다.

그것도 문도가 채 열 명도 되지 않은 소수 문파가!

이는 귀주, 아니, 중원을 뒤흔들 만한 엄청난 사건이었다. 솔직히 아직도 실감이 안 났다.

"심지어 피해도 거의 입지 않았지요. 저희를 도와주러 오신 동맹분들 중에서도 다치거나 큰 부상을 입은 사람은 거의 없다고 합니다."

"그렇게 말하니 더 놀랍군요. 대승이라는 말이 아깝지 않습니다."

철우의 말에 곽향이 피식 웃었다.

"아마 무림의 역사를 뒤져 봐도 이런 일은 별로 없을 걸세. 솔직히 주군을 제외하면 우리 전력이 그렇게 뛰어난 편은 아니잖나?"

그렇기는 했다.

곽향이 초절정의 고수고, 장홍동이나 철우가 그 아래 단계의 고수라곤 하지만 귀주현가에 비하면 손색이 있다.

소수 정예라곤 할 수 있어도 덩치가 큰 귀주현가와 싸울 정도는 절대 아니었다.

한데도 이렇게 압도적으로 승리했다는 것은…….

"역시 주군께서 고생해 주신 덕분이지요."

소진호가 자랑스레 말했다.

그 말을 부정하는 사람은 없었다.

그 자리에 있는 모두가 그날 있었던 연무흔의 위용을 보았으니까.

그는 정말 투신문주라는 이름답게 전장의 투신처럼 날뛰었다. 특히 표면적으로 같은 경지인 곽향은 정말 큰 충격을 받을 수밖에 없었다.

'분명 같은 초절정의 고수일 텐데 어찌 이렇게 차이가 나는가.'

마치 연무흔은 저 까마득하게 높은 경지에 올라가 있다가 잠시 경지를 초절정으로 낮춘 사람처럼 느껴졌다. 아니, 그렇지 않으면 설명이 되지 않았다.

그때 전투를 겪으며 느꼈던 감정은 그만큼이나 충격적이었다.

"아, 다들 모여 있었군."

"주군!"

한참 그렇게 떠들고 있을 때 밖에 나가 있던 연무흔이 돌아왔다.

급하게 예를 취한 문도들이 기대에 찬 얼굴로 연무흔을 바라보았다.

총관인 소성휘가 조심스럽게 물었다.

"어떻게 되셨습니까?"

"잘되었다. 상연이 만들어지고 초대 회주는 신 상단주가 맡기로 했지."

"와!"

이야기를 들은 이들이 순수하게 기뻐했다.

그들은 이미 연무흔에게 간단한 교육을 받아 상인 연합이 생겨나면 어떻게 될지 들었기 때문이었다.

이렇게 되면 귀주 지역의 경제는 완전히 투신문의 손에서 좌지우지되는 것이나 마찬가지였다.

이전의 귀주현가와 마찬가지로 실질적으로 귀주의 지배자가 되는 것이다.

"하지만 아직 방심하면 안 된다. 귀주상연을 만들었다고 해도 문제는 다 해결된 게 아니니까."

대표적인 예시가 바로 숟가락을 얹으려고 하는 거대 세력들이었다.

무림맹 귀주지부, 남북사도련의 귀주지부, 그리고 이번 싸움에 참가하진 않았지만 침을 바르고 싶어 하는 기타 잡문파들.

투신문이 이득을 독점하면 불만을 품은 그들이 반(反)투신문 세력을 형성할 수도 있었다. 그리되면 그들은 어떻게든 상연을 방해할 것이 불 보듯 뻔했다.

"그 잡것들이……."

"문주님, 어쩌실 생각이십니까? 고견을 듣고 싶습니다."

"일단 일부 정도는 포용할 생각이다. 우리와 함께 싸웠던 철검문은 당연하고 북사도련 정도는 넣어 줘도 되겠지. 게다가 무림맹과 정파 문파 일부에도 작은 조각 정도는 던져 줄 거다."

"무림맹에도 말씀이십니까?"

"싸움에 식섭석으로 참가하진 않았지만 뒤처리를 돕긴 했으니까. 게다가 생색을 좀 내면 그쪽도 만족하지 않겠나?"

귀주 지역의 경제권을 아예 아무런 나눔도 없이 투신문이 꿀꺽 삼켜 버린다?

그렇다면 무림맹을 비롯한 정파 세력은 누명이라도 씌워서 투신문을 공격할 가능성이 높았다.

하지만 그들이 체면을 지킬 만큼 이권을 나눠 준다면?

'만족하진 않겠지만 자기들의 것을 잃지 않도록 행동을 조심하겠지.'

"나는 큰 이득을 십 년 동안 얻는 것보단 약간 작지만 지속되는 이득을 오십 년 얻는 편이 더 낫다고 생각한다. 게다가 어느 정도 지분을 조금 나눠 준다고 해도 여전히 우리가 먹는 부분이 제일 클 테고."

덤으로 유사시에는 무림맹과 정파 세력, 그리고 북사도련의 무력도 빌릴 수 있으리라.

귀주 무림이 상연의 존재로 하나가 되는 것이다.

이쪽이 돈줄을 쥐고 있는 이상 저들은 알아서 동맹이 되어 줄 수밖에 없었다.

설명을 마치자 소성휘를 비롯한 문도들이 감탄했다는 표정을 지었다.

"역시 문주님께서는 몇 수 앞을 내다보시는 분이시군요."

"주군을 따르길 정말 잘했다는 생각이 듭니다."

"하하. 마찬가집니다. 그때 주군을 만나 뵌 게 얼마나 큰 행운이었는지……."

"아부는 됐다. 그보다 다들 슬슬 이제 준비하는 게 좋아."

"준비라니요?"

"다른 문도들을 받을 준비."

연무흔이 진지한 표정으로 말을 이었다.

"우리 투신문은 지금은 소수 정예지만, 언제까지 우리만으로 이 문파를 유지할 수 있을지는 모른다. 그러기에는 우리가 책임져야 할 부분이 너무 커졌어."

"……!"

"그러니 조만간 일반 문도를 받을 생각이다. 너희들은 간부로서 그들을 지휘하게 되겠지."

문주와 호법밖에 없던 투신문에 새로운 직위가 생기게 되는 것이다.

"물론 시험은 내가 직접 주관할 거고, 처음엔 그렇게까지 많은 인원을 뽑지는 않을 거다. 딱 감당할 수 있을 정도로만 뽑게 되겠지."

하지만 그렇다고 해도 문파의 덩치가 급격히 커지는 일이다.

신중에 신중을 기해야 했다.

"그런 의미에서."

연무흔은 씨익 웃었다.

"문도들을 받기 전에 너희들의 선력을 한번 크게 끌어올리려고 한다."

"훈련을 하시겠다는 말씀이십니까?"

"물론 훈련도 하겠지. 하지만 내가 말하는 건 다른 것이야."

연무흔은 잠시 뜸을 들였다 말을 이었다.

"나는 너희들에게 영약을 제공해 줄 생각이다."

"……!"

모두의 입이 벌어졌다.

그럴 수밖에 없었다.

영약이란 게 무엇인가?

하급의 영약이라도 한 번 취하면 몇 년 수련한 공력을 얻을 수 있는 아주 귀한 것이다.

당연히 얻기도 힘들고 진짜 좋은 것들은 부르는 게 그 값일 정도.

한데 그런 영약을 무슨 간식 주듯이 쉽게 말하다니.

문도들은 솔직히 그의 말이 쉽게 믿기지가 않았다.

"뭘 그리 놀라고 그래? 특히나 곽 호법."

"예?"

"네겐 이미 귀띔해 줬던 게 있잖아. 현이를 위한 영약. 재료도 같이 털어 왔는데 기억 안 나나?"

"설마?"

그땐 잠혈단과 적수의 관련 사건으로 정신이 없어서 까먹고 있었는데…….

설마하니 정말 만들어 주겠다고 말할 줄이야.

"이제 기억났나 보군. 그래, 이제 재료도 충분하고 모자란 건 돈으로 다 사 온 참이야. 충분히 영약을 제조할 수 있지."

"그런 방법도…… 알고 계셨습니까?"

"일전에 취미로 배웠다."

도대체 세상사 어떤 사람이 취미로 영약 만드는 법을 배운단 말인가?

하지만 그런 의문을 내뱉을 수 있는 사람은 아무도 없었다.

눈앞에 있는 이 사람은 정말 한다면 하는 사람이었기 때문에.

이제 뭘 할 수 있다고 말해도 믿어 버리게 되는 것이다.

그런 문도들의 생각을 아는지 모르는지, 연무흔은 팔을 싹 걷어붙이며 말했다.

"그럼 슬슬 시작해 볼까?"

연무흔은 그렇게 말하고 부엌을 통째로 점거했다.

영약을 만드는데 부엌이라니.

솔직히 다들 당황했지만 연무흔은 개의치 않았다.

어차피 연단실이 따로 없는 이상 이곳에서 가장 강한 화력을 낼 수 있는 곳은 부엌이었기 때문이었다.

'나중에 연단실을 하나 만들긴 해야겠군.'

분명 언젠가는 필요해질 날이 올 테니 말이다.

하지만 그건 오늘이 아니었다.

연무흔은 잠시 과거의 기억을 떠올려 보았다.

-주군, 영약을 만들 때 가장 중요한 게 뭔지 아십니까?

-뭔데?

-바로 재료입니다.

패왕성의 의술 책임자이자 영약을 만드는 데 일가견이 있던 만사신의는 그렇게 말하곤 했다.

-아무리 실력 좋은 기술자가 있어도 재료가 써먹지 못할 것이면 그 어떤 영약도 만들지 못합니다. 그래서 영약을 만들 땐 돈을 아끼지 말고 팍팍 써야 한다는 뜻입니다.

-그래서 의약당에 예산을 좀 더 달라?

-아니, 뭐 그래 주시면 감사하고…….

연무흔은 전생의 기억을 떠올리고 피식 웃었다.

그는 지금 만사신의의 말대로 최상의 재료만을 챙겨 영약을 만들 준비를 하고 있었다.

그가 만들려는 영약의 이름은 화정(火淨).

물론 진짜 화정은 아니었다. 그가 아는 진짜 화정은 특출한 재료가 들어갈 뿐만 아니라, 자신과 같은 초심자가 만들 수 없는 것이었기 때문이다.

그가 만들 화정은 원래 화정을 몇 단계 열화시킨 영약이었다.

'효과는 감히 화정에 비할 바 못 되겠지만 재료의 질이 꽤 좋으니 공력을 키우는 데는 도움이 되겠지.'

연무흔은 그렇게 생각하고 이전에 만사신의가 알려 주었던 방식대로 재료를 찧고 빻았다. 그렇게 빻은 재료를 반죽하여 굳히고 직접 불에 닿지 않게 구웠다.

장장 칠 주야 동안 말이다.

"……."

영약을 만드는 데 도움이 된다고 신나 하던 문도들은 교대로 화로를 지켜보며 이게 얼마나 지루하고 고된 작업인지 깨달을 수 있었다.

하지만 이마저도 원래의 화정을 만드는 작업보다는 엄청나게 간소화된 것이었다.

게다가 원래 화정을 만들 때는 극양(極陽)의 성질을 띤 무공을 익힌 무인이 끊임없이 기운을 불어넣어 줘야 하는데,

지금은 그럴 수 있는 사람이 없어 오랜 시간 화기(火氣)를 쬐게 함으로써 대체하고 있는 중이었다.

그러니 시간이 더 오래 걸릴 수밖에.

하지만 그 결과물은 나쁘지 않았다.

패왕성에서는 취급도 안 할 하급의 영약이었지만, 지금 투신문도들의 수준을 생각해 보면 이 정도도 아주 귀한 영약이었다.

"내가 호법을 설 테니 반드시 연무장에서 영약을 취하고 흡수하도록."

게다가 지금 연무흔에게는 취기옥이 있었다.

주변의 기운을 한 치의 낭비도 없이 모을 수 있게 해 주는 기물.

이건 소유자뿐만 아니라 주변에 있는 이들에게도 모두 적용되는 것이었다.

덕분에 투신문도들은 별다른 낭비 없이 하급 화정의 기운을 무리 없이 흡수할 수 있었다.

굳이 따지자면 이삼 년 정도 수련한 수준의 내력은 얻을 수 있지 않을까?

거기다 화기가 담긴 영약인 만큼 불에 대한 내성이 조금 상승하고 양기가 보충되었을 가능성이 컸다.

특히 이 영약이 가장 필요했던 곽현은 화정을 취하자마자 안색이 눈에 띄게 좋아질 정도였다.

곽향은 그 모습을 보고 눈물을 주륵 흘리며 무릎을 꿇었다.

"주군, 정말 감사합니다. 정말로……."

아무리 증세가 심하진 않다고 하나 절맥증은 자칫하면 죽음에 이를 수 있을 정도로 무서운 병이었다.

한데 그런 고치기 어려운 것을 자신의 주군은 아무런 대가도 받지 않고 선뜻 치료해 주고 있는 것이다. 그것도 귀한 영약까지 써 가면서.

이는 설령 같은 가문 사람이라도 쉽지 않은 일이었다. 하지만 이렇게 자기 사람이라는 이유만으로 도움을 주다니?

너무 고마웠다.

어째서 소진호가 이 사람에게 목숨을 걸고 충성을 바치는지 알 것 같았다.

물론 연무흔은 좀 다르게 생각했지만 말이다.

'어차피 내 사람들인데 강해지면 나야 좋지.'

이들이 강해지면 다 투신문의 전력이 되는 것이다.

그 말은 즉, 전생의 패왕에 한 발자국 더 나아가게 된다는 뜻.

어차피 자신으로선 손해 볼 것도 없었다.

이들은 은혜를 베풀면 베풀수록 목숨을 바쳐 자신을 따르게 될 테니 말이다.

마치 전생의 수하들처럼 말이다.

"아직 다 낫지도 않았는데 감사하긴 이르지. 다 나으려면 한참 걸리니 다 낫거든 그때나 인사를 하도록."

연무흔은 그렇게 말하고 곽향을 일으켜 세웠다.

"현아. 이전에 설명한 대로 양기가 어린 영약을 먹었으니 이제부터 네게 잠깐 동안 여유가 생겼을 거다. 그동안 나는 네게 태양귀원공(太陽歸元功)을 가르쳐 주마."

"……!"

곽현이 떨리는 눈으로 연무흔을 바라보았다.

아버지인 곽향이 감동한 만큼 곽현 또한 연무흔에게는 정말 큰 은혜를 입었다고 느끼는 상태였다.

그런데 여기서 체질을 고쳐 줄 무공까지 가르쳐 준다니 정말 뭐라고 표현할 수가 없을 만큼 감사했다.

"수련법은 간단하다. 처음엔 그저 몸속 양의 기운을 늘리는 게 끝이니까. 그냥 너는 화정을 만들 때 불 옆에 계속 머물러 있으면서 태양귀원공을 운용하거라. 그러다 보면 옆에서 타오르는 불의 기운을 흡수해 몸속의 양기를 늘릴 수 있게 될 것이다."

물론 그렇다고 곧바로 절맥을 극복할 수는 없을 것이다.

하지만 그게 계속된다면?

언젠간 음기와 양기가 균형을 이룰 것이고, 태양귀원공의 경지가 올라간다면 양기가 음기를 초월하는 경지까지 오르게 될 것이다.

그렇게 된다면…….

'투신문에 영약을 구워 줄 사람이 한 명 생겨나는 거겠지.'

연무흔은 빙그레 웃었다.

그야말로 자신도 좋고 곽현도 좋은 일이었다.

귀주성의 패자(霸者)인 귀주현가가 몰락했다!

이 사실은 순식간에 중원 전역으로 퍼져 나갔다.

그럴 만도 했다.

귀주현가는 칠대세가에 미치진 못해도 상당한 성세를 지니고 있던 가문.

그런 곳이 하룻밤 만에 망해 버렸다고 하니 다들 관심을 가진 것이다.

"한데 그걸 해낸 곳이 문도가 열 명도 안 되는 작은 문파라지?"

"투신문이라고 하더군."

"투신문이라니…… 오만한 이름이야."

"하지만 충분히 자격이 있지 않나? 지금 보여 준 모습만 봐서는 그런 것 같은데."

이야깃거리에 굶주려 있던 사람들은 투신문에 대해서 열심히 떠들어 댔다.

기득권을 타파하고 올라온 신생 문파는 언제나 사람들의 가슴에 불을 지르는 무언가가 있었기 때문이다.

특히 그 주체가 젊고 영웅적인 이들이라면 더더욱.

"듣기로는 투신문의 문주인 투룡이 마지막에 나타난 혈천교인을 단번에 쳐 죽였다고 하더군."

"허어, 이야기 속에서나 나오던 혈천교가 다시 등장하다니."

"과장되었을 가능성은 없나? 소문이라는 게 늘 그렇잖나."

"그렇다기에는 목격자가 정말 많다네. 적어도 그날 밤 백 명이 넘는 사람들이 그 싸움을 지켜봤어."

"강호에 샛별이 나타났군그래."

사람들은 혈천교의 존재에 놀라면서도 연무흔에 대한 칭송을 멈추지 않았다.

사악한 조직의 음모를 쳐부순 젊은 영웅의 이야기는 몇 번을 들어도 질리지 않았기 때문이다.

하지만 그중에서도 특히 이 소식을 좋아하는 사람이 있었다.

바로 연무흔의 외할아버지이자 무극검문의 현 주인, 무극검제 독고령이었다.

"역시 내 손자야. 참 대단하지 않나? 흐하핫! 흐하하하핫!"

그는 자신의 심복인 검량(劍魎)에게 몇 번이고 그 소식을 자랑했다.

하도 똑같은 이야기를 듣다 못한 검량이 그만해 달라고 하소연을 할 정도였다.

"문주님. 그 이야기를 오늘만 벌써 세 번째 듣는 중입니다. 어제도 다섯 번은 들었고요. 제가 손주분이 대단하다고 몇 번을 말씀드려야 그만두시겠습니까?"

"하지만 장하지 않나! 제대로 신경 써 주지도 못했는데 이렇게 훌륭하게 자라다니…… 내 딸아이를 닮은 게 분명해."

"확실히 어마어마한 재능이긴 합니다."

검량의 옆에서 그렇게 말한 건 무극검제의 또 다른 심복인 참마검(斬魔劍) 강룡이었다.

"제대로 무공을 배운 적도 없다고 하셨잖습니까? 물론 무슨 기연이 있었다고 추측되기는 하지만."

"그렇지."

"게다가 저희가 조사한 바로는 얼마 전까지 나무꾼이었다고 하지 않았습니까. 그런데 무림에 발을 들인 지 몇 년 되지도 않아서 한 성의 패권을 두고 싸울 정도가 되다니……."

솔직히 말도 안 되는 재능이었다.

어쩌면 재능 하나만 두고 보면 천하제일일 가능성도 있었다.

"솔직히 탐이 나는군요. 정말 데려오지 않으실 겁니까?"

"그 아이가 거절했네. 자기는 자신이 키운 문파로 천하제일을 이루고 싶다고 그러더군."

"대담한 발언이군요. 하지만 그런 패기가 있으니 저렇게 뛰어난 것이겠지만요."

강룡의 말에 독고령이 호탕하게 웃었다.

"크하핫. 그렇다니까! 누굴 닮았는지 포부가 참 커!"

"하지만 문주님. 그건 아셔야 합니다. 이제 강호에 이름이 알려졌으니 어쩌면 적들도 공자의 존재를 눈치챌 수 있을 수 있습니다."

적이라는 말에 독고령의 눈이 가라앉았다.

그럴 수밖에 없었다.

그들, 무극검문과 대립하고 있는 적은 그만큼 위험했으니까.

수라권종(修羅拳宗).

그들은 백 년이 넘는 악연으로 이어진 무극검문 최대의 호적수였다. 만일 지금 강호에서 이름을 떨치는 투룡이 독고령의 손자인 걸 알면 뭔가 손을 쓸 수도 있었다.

"흥. 쉽지는 않을 것이야. 이제 그 아이도 외부에 흔들리지 않을 만큼 강해졌으니까."

"하지만 위험한 건 사실이지요."

"……."

"게다가 이번 사태에는 그 패왕 시대의 혈천교도 관련이 되어 있다고 하지 않았습니까? 녹림도 그렇고 혈천교도 그렇고, 공자에게는 적이 많습니다. 차라리 공자가 충분히 성장할 때까지 저희가 도움을 주는 건 어떻습니까?"

"도움이라면?"

"아예 대놓고 저희의 이름을 빌려주는 겁니다."

강룡의 말에 독고령이 인상을 찌푸렸다.

"투신문을 우리 밑으로 들이자는 건가?"

"아니요. 그건 공자가 거절하겠지요. 애초에 그런 제안을 받아들일 거였다면 처음부터 소문주 자리를 받아들였을 테니 말입니다."

"그렇다면 뭔가?"

"동맹을 맺는 겁니다."

"흐음."

독고령의 표정이 진지해졌다.

"하지만 귀주현가를 쓰러뜨렸다고 해도 투신문은 아직 귀주의 패자라고 하기에는 많이 부족해. 우리랑 동맹을 맺어도 과연 세간에서 동등하다고 여길까?"

"그냥 동맹만 맺는다면 그렇지 않겠지요. 아마 저희의 산하 세력 중 한 곳이 되었다고 생각하는 경우가 대부분일 겁니다."

"그렇다면?"

"마침 문주님의 생신도 다가오고 있으니, 적당히 짜고 치는 극을 하나 만들어 보면 되지 않겠습니까?"

강룡은 그렇게 말하고 의미심장한 미소를 지었다.

"제게 생각이 하나 있습니다."

"초대장이 왔다고?"

연무흔의 물음에 소 총관이 고개를 끄덕였다.

"예. 무극검문에서 문주님께 보낸 초대장입니다. 초대장을 전해 온 무인에게 듣기론 무극검제님의 생신을 맞이해 열리는 잔치의 초대장이라더군요."

연무흔의 소 총관의 말에 초대장을 열어 내용을 확인해 보았다.

확실히 그의 말대로 초대장은 최근 위명을 떨치는 자신을 대상으로 발송된 게 맞았다.

"무극검문이라……."

"대단한 곳에서 초대가 왔군요."

무극검문과 연무흔의 관계를 모르는 문도들이 감탄을 터뜨렸다.

그럴 만도 했다.

무극검문은 중원에서 가장 뛰어난 검문(劍門)을 꼽으면 반드시 후보에 들어갈 만큼 대단한 위명을 지닌 곳이었기 때문이다.

특히 그곳의 문주인 무극검제 독고령은 천하삼대검수(天

下三大劍手)라 불리며 존경받을 정도였다.

그러니 그런 사람의 생일잔치에 오라는 초대는 평범한 무인들에게는 영광이나 다름없었다.

하지만 연무흔에게는 달랐다.

"그러고 보니 아직 이야기를 안 했었군."

"예? 주군, 무엇을 말입니까?"

"무극검제는 내 외조부다."

"예?!"

순간 일동이 경악했다.

연무흔은 평소와 다를 것 없이 담담하게 말했지만 듣는 입장에서는 이만큼 충격적인 게 없었기 때문이다.

"그, 그게 정말입니까?"

소진호가 살짝 말을 더듬었다.

연무흔이 너무 놀라지 말라며 가볍게 웃으며 대답했다.

"너희에게 거짓말을 할 이유가 없지 않느냐. 이런저런 사정이 있긴 하지만 정말이다."

그렇게 말하고 연무흔은 간략하게 요약한 자신의 인생사를 들려주었다.

물론 패왕에 관한 부분은 빼고 혈통에 관한 이야기가 대부분이었다.

물론 그것만으로 문도들은 전율했다.

'이제야 이해가 가는구나. 문주님께서 특별하신 이유가

있었어.'

'그 무극검제의 피를 이으셨다니…….'

'역시 주군이시다. 정말로 보통 분이 아니셨어.'

'한데 투신문을 키우기 위해 무극검문의 소문주 자리를 거절하셨다고?'

다들 경악할 수밖에 없었다.

비록 지금은 투신문이 많이 성장해서 귀주의 패자까지 한 걸음 남은 상황이지만, 저 제안을 받을 당시 투신문은 정말 아무것도 아니었으니까.

한데도 문도들과 함께하기 위해 무극검문의 요직을 거절했다고 한다.

그러니 당연히 충성심이 솟아오를 수밖에.

"물론 대외적으로는 비밀이니 다들 알아 두도록. 적어도 우리가 지금보다 두 배는 성장할 때까지는 비밀을 지켜야 한다. 아니면 곤란해질 수도 있으니까."

"무, 물론입니다!"

"절대로 발설하지 않겠습니다!"

문도들이 정신을 확 차리고 대답했다.

저렇게 비밀을 유지하는 이유도 어느 정도 짐작이 갔다.

현재 무극검문은 수라권종이라는 거대 문파와 오랜 시간 대립하고 있어서였다. 그들은 무려 두 차례나 상대를 멸문시키기 위해 전쟁을 벌였을 만큼 사이가 안 좋았다.

한데 만약 여기서 투룡 연무흔이 무극검제의 손주라는 사실이 알려지면?

수라권종과 그들을 따르는 일파는 어떻게든 연무흔을 죽이거나 납치하기 위해 수작을 부릴 것이다.

아마 그걸 방지하기 위해 비밀로 하라는 것이겠지.

'안 그래도 본 문은 적이 많으니까.'

녹림, 살막, 멸문한 귀주현가의 도망친 잔당, 그리고 혈천교…….

이것만으로 살벌한데 여기서 수라권종까지 더해지면 정말 사방이 적으로 뒤덮이게 되는 것이다.

솔직히 그런 상황은 피할 수 있으면 무조건 피하는 게 낫다.

"그렇다면 초대에는 응하실 생각이신지……."

"당연히 가야지. 어찌 되었든 조부님인데."

연무흔은 담담히 답했다.

솔직히 혈육의 정이 있느냐고 묻는다면 좀 애매했지만, 어쨌든 지금 행방을 알고 있는 하나뿐인 가족이지 않은가.

게다가 무극검제 독고령은 자신에게 무극신검과 천년설삼을 선물해 준 은혜가 있었다.

그런데 그런 걸 받아먹고도 입을 싹 닫는 건 연무흔의 방식이 아니었다.

"소 총관, 내가 참석할 거라고 따로 답장을 써서 전달해 주도록. 어차피 기한은 아직 한참 남아 있으니 너무 서두르진 말고."

"아닙니다. 바로 처리하지요."

소 총관은 기쁘게 대답했다.

어찌 되었든 한 문파의 총관이 되는 입장에서 무극검문과 좋은 인연을 맺는 건 나쁜 일이 아니었다.

"그보다 지금은 앞으로 처리할 일을 논의하고 싶은데."

"귀주를 완전히 차지하는 일 말씀이십니까?"

"그래."

연무흔이 고개를 끄덕였다.

"다들 상황은 알겠지만 귀주현가는 몰락했고, 그들이 가지고 있는 이권은 우리가 거의 빼앗아 왔다. 하지만 아직 우리가 귀주의 지배자라기엔 살짝 모자란 상황이지."

그 이유는 바로 다른 거대 세력들 때문이었다.

무림맹, 그리고 남북사도련의 지부들.

원래부터 자리를 잡고 있던 그들은 귀주현가 못지않은 강력한 힘을 가진 집단들이었다.

그중 북사도련과는 꽤 괜찮은 관계를 맺고 있었지만…….

"남사도련이 이번 기회를 틈타 세력을 키우려고 한다는 말이 들려오고 있다."

"건방진 놈들이군요. 고생은 주군과 저희가 했는데 감히 어부지리를 노리려고 하다니."

곽향이 살짝 화가 난 듯 말했다.

다른 문도들의 반응도 비슷했다.

귀주현가의 빈자리를 채우는 건 투신문이 되어야지, 남사도련이 되면 안 되는 것이다.

"그래. 나도 그래서 그쪽에도 손을 쓸 생각을 하고 있다. 물론 처음엔 이야기를 해 보겠지만…… 말이 통하지 않으면 무력을 써야겠지."

연무흔은 담담한 목소리로 선언했다.

문도들의 얼굴에 살짝 긴장이 감돌았다.

결국 저 말은 이야기가 틀어지면 전쟁이라는 소리였으니까.

"하지만 그 전에 처리해야 할 것들이 있다. 우선순위는 남사도련보다 앞에 있지. 왜냐하면 우리랑 직접적인 원한을 가진 관계니까."

연무흔은 그렇게 말하며 문도들을 돌아보았다.

문도들의 얼굴에 의문이 떠올랐다.

'직접적인 원한을 가진 관계라고? 귀주현가 말고 그런 적이 있었던가?'

하지만 그렇게 생각하는 것도 잠시였다. 곧 적의 정체를 깨달은 문도들이 눈을 크게 떴다.

"문주님, 설마 그놈들입니까?"

"그래."

연무흔이 살벌한 눈빛으로 고개를 끄덕였다.

"나는 살막의 살수 놈들을 이 귀주에서 완전히 치워 버릴 생각이다."

"……!!"

이야기를 듣던 문도들의 눈동자가 커졌다.

하지만 연무흔의 살막을 없애겠다는 선언은 지극히 당연한 일이기도 했다.

살막은 귀주현가의 의뢰를 받아 지접적으로 연무흔을 죽이려고 한 놈들.

이대로 방치한다면 또 의뢰를 받아 언제 공격을 해 올지 몰랐다. 그 전에 먼저 치우는 게 속 편한 방법이었다.

다만.

"문주님, 살막은 귀주성에 있는 게 전부가 아닙니다."

철우가 살짝 걱정스러운 목소리로 말했다.

"그들은 그저 살막의 귀주성 지부일 뿐입니다. 만일 그들을 치신다면 전 중원에 있는 살수들이 문주님을 노리게 될 수도 있습니다."

"하하."

그 말을 들은 연무흔이 작게 웃음을 터뜨렸다.

"철우, 나를 걱정해 주는 마음은 고맙지만 그러지 않아도 된다."

"예?"

"만약 그렇게 되면 다른 놈들도 똑같이 잡아 죽이면 그만이니까."

"……!"

연무흔의 말에 철우의 눈동자가 흔들렸다.

저건 허세를 부리는 게 아니었기 때문이다. 연무흔은 진심으로 저렇게 말하고 있었다.

'정말 할 수 있는 것처럼.'

만약 다른 사람이 이런 소리를 했다면 비웃거나 허세라고 생각했을 것이다.

살막은 강했으니까.

하지만 눈앞에 있는 건 자신의 주군이자 투신문의 주인이었다.

짧은 시간 만에 몇 차례나 기적을 일으키고, 몇 배나 되는 덩치의 귀주현가를 고꾸라뜨린 강자.

그게 연무흔이었다.

그라면 정말 할 수도 있다는 생각이 들었다.

"제가 실언을 했습니다."

그렇기에 철우는 고개를 숙이며 그렇게 말했다.

연무흔이 고개를 저었다.

"실언이라고 할 수는 없지. 상식적인 이야기였으니까. 다만 나는 방침을 정했으니 그를 따를 뿐이다."

"방침이라 하시면……."

"본 문을 건드리는 적이 있다면 철저하게 밟아 버리는 것."

"……!"

"간단한 이야기다. 상대가 누구라도 우리를 공격하면 전쟁을 각오해야 할 것이다."

연무흔은 그렇게 말하며 자리에서 일어났다.

"그런 의미에서 말이 나온 김에 바로 움직여야겠군."

"설마 지금 바로 가시는 겁니까?"

"그래. 위치는 이미 알고 있는데 따라오겠느냐?"

"문주님이 가시는 곳이라면 어디든지."

철우를 비롯한 문도들이 고개를 숙였다. 연무흔은 한 번 씨익 웃고는 자리에서 출발했다.

"가자."

목표는 살막의 귀주 지부.

살수들이 있는 곳이었다.

당연한 말이지만, 살막은 대놓고 지부를 만들지는 않았다.

살막의 본질은 살수들의 문파였기 때문이다.

대놓고 암살자들의 문파란 현판이 걸려 있다면 아무리 관무불가침이 있다지만 관이 어떻게 나오겠는가?

그래서 보통 장원이나 다른 사업체로 위장한 채로 살막 지부를 운영했다.

지금 가는 귀주성 지부도 마찬가지였다.

"무슨 일로 오셨……."

쾅!

연무흔은 자신의 앞을 가로막는 문지기를 걷어찼다.

평범한 수문위사였으면 정상적으로 대응을 했겠으나 그는 질문하는 척하면서 암기를 날리려 했기 때문이다.

"침입자다!"

대부호의 저택으로 위장한 살막 지부에서 살수들 수십 명이 튀어나왔다.

그들은 모두 당황한 표정이었다.

연무흔을 비롯한 투신문도들이 찾아올 거라고는 전혀 생각하지도 못한 표정이었다.

"투, 투룡. 이게 대체 무슨 짓이지? 여긴 왜 찾아온 것이냐."

살막의 귀주 지부장인 흑호는 살짝 말을 더듬으며 물었다.

그는 이 상황을 이해할 수 없었다.

어째서 투룡이 여기까지 쳐들어왔단 말인가?

"쓰레기를 치우려고 왔지."

연무흔은 그렇게 말하며 피식 웃었다.

그의 도발에 흑호의 눈이 부릅뜨였다.

"감히 살막을 적대하겠다는 거냐?"

"그럼 설마 나를 암살하려고 시도했으면서 그냥 넘어갈 줄 알았나?"

연무흔은 분명 그날 특급 살수에게 경고했다.

물러가지 않는다면 본진으로 찾아가겠다고.

하지만 그는 그 경고를 무시했다.

그리고 연무흔은 한번 내뱉은 말을 허투루 생각하는 사람이 아니었다.

"미친놈."

다만 흑호는 이해하지 못하겠다는 표정으로 연무흔을 바라볼 뿐이었다.

"귀주현가를 쓰러뜨렸다고 돌아 버린 거냐? 우리를 건드리면 네놈의 알량한 문파가 무사할 것 같으냐?"

"왜, 다른 지부에게 이르기라도 하려고 그러느냐?"

"살막은 귀주성에만 있는 게 아니다. 이런 짓을 하면 분명 후회할 것이다. 그러니 지금이라도 물러간다면……."

"혓바닥이 길구나."

연무흔은 그렇게 말하며 소진호를 돌아보았다.

"진호야."

"예, 주군."

쾅!

번개 치는 소리와 함께 무시무시한 투석이 흑호를 노리

고 날아갔다.

흑호는 예고도 없는 기습에 기겁하여 옆으로 몸을 날렸다.

콰직!

그의 뒤에 있던 건물의 지붕이 박살 나며 일부 잔해가 떨어졌다.

"이, 이, 이 무도한 새끼들……! 가만두지 않겠다! 전부 죽여!"

타닷!

그의 명령에 살수들이 움직였다.

지금 이곳에 모여 있는 살수들의 숫자는 임무를 나가 있는 이들을 제하고도 수십.

그중 특급 살수만 셋이었다.

암살자라는 특성상 숨어 있을 뿐이지, 지부만으로 어지간한 중견 문파와 맞먹는 수준이었다.

"모두 방진을 짜도록."

"예!"

하지만 연무흔은 그들의 접근을 보고 그렇게 말할 뿐이었다.

곧 명령대로 문도들이 모여 진을 형성했다.

소진호를 중심으로 각 문도들이 방위 하나씩을 맡는 형태였다.

자신들을 포위한 적들을 효과적으로 방어하면서도 중앙

에 있는 소진호를 지키고 반격도 용이하게 만든 형태의 진이었다.

"진을 유지하며 들어오는 공격만을 상대한다. 적장의 목은 내가 베지."

연무흔은 답을 기다리지도 않고 앞으로 뛰쳐나갔다.

쾅!

거세게 진각을 밟자 그의 몸이 포탄처럼 튀어 나갔다.

기겁한 살수들이 검을 뽑아 들어 그를 막으려고 했다.

하지만 이어지는 건 투신기를 두른 거대한 칼날이었다.

절정에도 오르지 못한 일급 살수들이 그걸 막을 수 있을 리가 없었다.

서걱!

방어하려던 검째로 베여 나간 살수들.

"……!"

하지만 동료의 죽음 따위는 아무렇지도 않다는 듯 양옆에서 다시 칼을 찔러 온다.

연무흔은 그것을 피하는 대신 역으로 받아쳤다.

땅바닥에 거세게 다리를 박아 놓은 그가 언월도를 크게 휘둘렀다.

회천(回天).

카가가가강!

"이 미친!"

투신기가 소용돌이처럼 회전하며 솟아오르더니 모든 공격을 쳐 냈다.

흑호는 기겁하며 욕설을 내뱉었다.

뭐 저딴 괴물이 있단 말인가?

"독! 독을 써라!"

그렇기에 그는 다급하게 소리쳤다.

곧 살수 몇 명이 침을 발사할 수 있는 암기 몇 개를 꺼내 들었다.

타다다당!

순식간에 열 발이 넘는 작은 침들이 연무흔을 향해 쏟아졌다.

침 자체는 얇고 작아서 위협적이지 않았지만…….

'저기 묻어 있는 독은 마비독이다! 아마 맞는다면 아무리 괴물 같은 놈이라도 제대로 움직이지 못할 터.'

흑호의 눈이 잔혹하게 변했다.

만약 이번 공격이 성공한다면 연무흔의 살을 조금씩 베어 내서 최고의 고통을 선사해 줄 것이다.

그렇게 생각했다.

투두두두둑!

날아가던 마비침이 바닥에 떨어져 나뒹굴기 전까지는 말이다.

"무슨!"

흑호를 비롯한 살수들이 경악하여 연무흔을 바라보았다.

그의 주변에는 형상화된 투신기가 일렁이며 마치 진동하듯 떨리고 있었다.

그렇게 진동하는 기운이 작은 공격을 다 막아 낸 것이다.

'투신갑(鬪神鉀).'

투신지로의 비기 중 하나이자 본래는 입신지경에 올라야 사용할 수 있는 기술이었다.

하지만 연무흔은 이미 패왕 시절에 겪었던 깨달음으로 입도지경의 상태에서 그것을 사용하고 있는 것이었다.

물론 그만큼 효능은 원래보다 떨어졌지만…….

'암기를 막는 수준이라면 이 정도로 충분하지.'

연무흔은 그렇게 말하고 앞으로 뛰었다.

서걱!

다시 한번 살수 하나의 목이 날아간다.

이제 남은 인원이라고는 고작 스무명 남짓.

연무흔뿐만이 아니라 그가 데려온 투신문도들도 각자의 역할을 하며 착실히 살수들을 줄여 나가고 있었기 때문이다.

흑호는 입술을 깨물었다.

이대로 가다가는 정말로 지부가 전멸할지도 모른다.

"이 괴물 같은 놈. 살막이 네놈을 가만히 놔두지 않을 것이다."

"나머지 놈들도 너희 정도라면 떼거리로 몰려와도 별걱

정은 없을 것 같군."

연무흔은 그렇게 말하며 피식 웃었다.

흑호가 분노한 얼굴로 휘파람을 불었다.

휘익!

아직 소모되지 않은 살문의 최고 전력, 특급 살수들이 전부 집합했다.

"지금부터 저놈을 척살하겠다. 설령 우리가 죽는 한이 있더라도 저놈의 숨통을 끊어 놔야 한다."

흑호는 연무흔이 살막의 가장 큰 적이 될 거라는 사실을 직감했다.

만일 여기서 그를 쓰러뜨리지 못한다면 정말 살막이 멸문하게 될지도 몰랐다.

"쳐라!"

타닷!

일급 살수들과는 움직임이 다른 살수들이 움직였다.

흑호는 연무흔을 향해 자신의 무기인 단창을 휘둘렀다.

창은 살수에게는 크게 어울리지 않는 무기였지만 그는 그런 편견이 무색할 정도로 창을 잘 다루었다.

"흥."

카아앙!

창과 검이 맞붙으며 쇳소리가 울려 퍼졌다.

연무흔은 눈을 빛내며 두 발자국 뒤로 물러났다.

그러자 방금까지 그가 있던 곳에 칼날 두 개가 불쑥 들어온다. 특급 살수들이 기회를 보다 급소를 노린 것이다.

"죽어라!"

흑호는 연신 분노를 내뱉으며 끊임없이 연무흔에게 붙었다.

이곳에서 가장 고수인 자신이 연무흔에게 붙어 줘야 나머지가 틈을 노려 적을 찌를 수 있다는 걸 알아서였다.

챙! 채앵! 챙!

몇 차례의 공방이 오갔다.

흑호는 손에서 느껴지는 얼얼한 충격에 인상을 찌푸렸다.

하지만 그의 표정은 나쁘지 않았다. 자신과 겨루는 연무흔의 몸에도 조금씩 자잘한 상처가 쌓이고 있어서였다.

이대로 충격을 누적시키면 저 괴물을…….

"슬슬 끝내야겠구나."

"……!"

희망적인 생각은 연무흔의 언월도에 모인 기운을 보고 싹 달아나고 말았다.

흑호는 본능적인 위기감에 곧장 뒤로 빠졌다.

하지만 연무흔의 목적은 처음부터 그가 아니었다.

그는 뒤를 노리던 특급 살수의 머리를 향해 강하게 월도를 휘둘렀다.

무극단천.

좌학!

특급 살수 하나의 머리가 하늘을 날았다.

곧바로 두 번째 공격이 이어졌다.

검으로 방어를 하려던 살수는 검째로 가슴이 갈라져 뼈가 보일 정도의 부상을 입었다.

쾅!

연무흔은 그의 복부를 세게 걷어찼다.

쿠당탕 튕겨 나가며 뒤로 넘어지는 살수.

아마도 저 상처는 회복할 수 없을 것이다.

쉬익!

"……!"

그 와중에 날아오던 검이 허공을 갈랐다.

콰직!

연무흔은 이번에는 주먹을 내뻗었다.

투신기가 잔뜩 담긴 일격은 특급 살수의 뼈를 작살내고 피를 토하게 만들었다.

쿵.

순식간에 세 명의 특급 살수가 세상을 떠났다.

마지막으로 남아 있던 적, 흑호가 비명을 지르듯 소리쳤다.

"이, 이런 짓을 해 놓고 무사할 듯싶더냐! 중원에 있는 살막 전체가 널 노리니 이제 네놈은 절대로 발 뻗고 자지 못할 것이다!"

"아까부터 똑같은 소리만 해 대는군. 그렇게 할 말이 없나?"

연무흔은 피식 웃으며 그에게 덤벼들었다.

흑호가 이를 악물고 그와 맞서려고 하지만.

채쟁! 콰직!

몇 합 나누지 못하고 그의 단창이 반토막 났다.

흑호는 멍하니 자신을 향해 날아오는 칼날을 바라보았다.

그게 마지막이었다.

서걱!

흑호의 머리가 하늘을 날았다.

"그러길래 암살 대상은 신중히 받았어야지."

연무흔은 피를 털어 내고 나머지 살수들을 처리했다.

특급 살수들이 없는 이상 일급 이하의 살수들이 그를 막을 수 있을 리가 없었다.

결국 살막의 살수들 중 살아남은 이들은 아무도 없었다.

"우리가 이겼다!"

"와아아아아아아!"

연무흔의 외침에 진을 이루고 있던 투신문도들이 환호성을 내질렀다.

그들은 승리도 승리지만 아무도 큰 부상을 입지 않았다는 사실에 기쁨을 느꼈다.

벌써 이런 커다란 규모의 전투가 몇 번째나 이어짐에도 그들 중 죽은 사람은 아무도 없었다.

'역시 주군 덕분이야.'

대부분의 전투에서 적의 신경이 온통 연무흔에게 팔려 있어서 가능한 일이었다.

그 사실을 깨달은 이들은 다시 충성심이 차오르는 것을 느낄 수 있었다.

"모두 이곳을 잠시 지키고 있도록. 나는 내부를 확인하고 오겠다."

"명을 받듭니다."

연무흔은 문도들에게 현장을 지키라고 명령한 뒤 안으로 들어왔다.

그는 흑호의 위장 신분인 흑가장주의 집무실에 들어와 주변을 둘러보았다.

그곳은 살막에 대한 여러 자료와 임무 명령서, 의뢰서들이 잔뜩 깔려 있었다.

연무흔은 그중 하나를 펼쳐 보고는 빙그레 웃었다.

'이거 운이 좋은데.'

그렇게 나온 자료에는 자신에게 도움이 될 만한 정보가 들어 있었기 때문이었다.

3장

그곳에는 바로 얼마 전에 도망친 귀주현가의 소가주, 현종산을 죽여 달라는 의뢰가 적혀 있었다.

의뢰주는 불명.

'하지만 누구인지는 뻔하지.'

아마 혈천교나 그 끄나풀일 가능성이 높았다.

그렇지 않으면 이제 퇴물인 현종산을 죽일 이유가 없었기 때문이다.

'전투가 시작되자마자 도망가더니 남사도련 측에 몸을 의탁했나?'

하지만 남사도련도 현종산이 달라붙는 걸 별로 달가워하지 않는 듯했다.

그는 복수를 원했지만 결국 허름한 안가 하나를 내주는 걸로 끝.

살막에는 바로 그 안가에 있는 현종산을 죽여 달라는 의뢰가 온 것이다. 그리고 그 범인을 연무흔으로 꾸며 달라는 내용까지 적혀 있었다.

'왜 혈천교에서 직접 사람을 보내서 죽이지 않고 의뢰를 한 거지?'

연무흔은 잠시 고민했지만 답은 금방 나왔다.

'사람이 없거나 아무리 그래도 산하였던 놈을 직접 죽이긴 좀 난감한가 보군.'

이건 양심의 문제가 아니라 세력의 사기에 관련된 문제였다.

아무리 토사구팽이 일상이라곤 하나 대외적으로 알려진다면 어디 다른 곳에서 충성을 맹세하려고 하겠는가?

그러니 눈 가리고 아웅이지만 이런 의뢰를 맡긴 것이다. 덤으로 남사도련과 충돌하는 일도 피하고.

"흐음."

연무흔은 옅게 웃으며 그 자료를 품속에 잘 집어넣었다.

그것 말고도 여기 있는 것들은 아마 쓸 수 있을 것 같았다. 살막은 정보 조직만큼이나 정보에 민감한 곳이었으니까.

'아마 다른 의뢰도 잘 살펴보면 이용해 먹을 수 있는 게 많겠지.'

다만 그 모든 걸 한 번에 다 소화시킬 순 없었다.

그러기엔 투신문이 움직일 수 있는 이들의 숫자가 적었

으니까.

'그래도 일단 전부 챙기고 본다.'

연무흔은 밖에서 대기 중인 문도 몇을 불러 안에 있는 자료를 챙기라고 명령했다.

그들은 여러 지령서와 의뢰서, 그리고 계약금과 의뢰금을 찾아 척척 밖으로 옮겼다.

연무흔은 거기에 더해 살막에서 쓰는 여러 독과 암기 등을 찾아낼 수 있었다.

'영약이라도 있을까 했지만 그건 없군.'

아무래도 살수들이다 보니 그런 걸 모아 두지는 않는 듯했다.

하지만 이 정도면 충분했다.

화르륵!

연무흔은 살수들의 시체를 모아 불태웠다.

귀주성 살막 지부가 완전히 망했다는 것을 공표하기 위해서였다.

살막이 귀주에서 사라졌다는 소리를 듣자 사람들은 격하게 반응했다.

그야 당연했다.

애초에 살막이 무엇이었던가?

돈을 받고 사람을 죽이고 다니는 못된 악적들이었다.

무림과 관련이 없는 사람이든, 무림에 사는 사람이든 살막은 꺼림칙한 대상이었다.

그런데 그런 놈들이 사라졌다니…….

대부분의 사람들 입장에선 환영할 만한 일이었다.

게다가 이번 건 이야기가 퍼질 다른 이유도 있었다.

"자네 들었나? 그 살막을 없앤 사람이 바로 투룡이라던데?"

"허어. 그게 정말인가?"

"정말일세. 살수들의 시체를 태우고 나온 걸 본 사람이 한두 명이 아니야."

살수들을 정리하고 살막을 치워 버린 장본인이 바로 요즘 가장 떠들썩한 연무흔이었기 때문이다.

안 그래도 귀주현가와 혈천교 잔당, 그리고 녹림을 물리친 것으로 그의 명성은 귀주에서 가장 높다고 해도 과언이 아니었다.

그런 상황에서 살막까지 없애 버렸다니?

아무리 단순한 지부라고 해도 이건 정말 어마어마한 일이었다.

그동안 아무도 못 한 일이었기 때문이다.

"하. 정파라고 거드름 피우던 놈들도 수십 년 동안 없애

지 못한 게 살막인데…….”

“투룡의 행보는 정말 시원시원하군. 속이 뻥 뚫릴 정도야.”

“하지만 손속이 너무 잔인하지 않나?”

“예끼, 이 사람아. 잔인은. 물론 조금 손속이 과한 부분이 있긴 하지만 그건 어디까지나 악인들에게 향하고 있지 않나. 악인들과 싸우려면 그 정도는 해야지.”

“그럼. 행동을 보지 말고 그 뜻을 봐야지. 이번에 살수들을 없앤 것도 다 귀주의 평화를 위해서가 아니겠나?”

많은 사람들이 연무흔을 칭송했다.

살막은 평범한 사람들에게 있어서도 상당히 두려운 존재였기 때문이다.

그런 걸 없애 주었으니 칭찬할 수밖에.

“이 빌어먹을! 아아악!”

하지만 그런 연무흔의 행위에 반감을 가진 사람도 있었다.

바로 남사도련이 준비한 안가에서 몸을 숨기고 있던 현종산이었다. 그는 자신의 가문을 멸문시킨 연무흔이 이렇게 잘나간다는 사실이 너무나 싫었다.

게다가 그는 도망칠 때 들고 나온 가문의 비자금을 이용해 살막에 다시 한번 연무흔을 죽여 달라는 의뢰를 넣으려고 했다.

그런데 살막이 없어졌으니 이제 복수할 길도 사라진 것

이다.

"제기랄. 젠장. 빌어먹을……."

그는 아랫입술을 씹으며 초조하게 안가를 돌아다녔다.

한데 갑자기 그 안가의 문이 열리며 누군가 들어왔다.

"역시 여기 있었군."

"네, 네놈이 어떻게!"

그 정체는 바로 연무흔이었다.

그는 현종산의 반응에 피식 웃으며 그에게 다가와 멱살을 틀어쥐었다.

"그때는 쥐새끼처럼 잘도 도망치더구나. 가문과 혈족을 버리고 말이지."

"그건……!"

짜악!

대답은 듣지 않았다.

연무흔의 따귀에 현종산의 코에서 피가 터져 나왔다. 하지만 그는 덜덜 떨 뿐, 아무런 반항조차 하지 못했다.

야차처럼 날뛰며 가문 사람들을 죽이던 연무흔의 모습이 아직도 눈에 선했기 때문이다.

그는 솔직히 눈앞의 적이 무서웠다. 그라면 눈빛만으로도 자신을 죽일 수 있을 것 같았다.

"시간이 없으니 짧게 물어보마."

"무, 무엇을 말입니까?"

어느새 현종산의 말투는 공손해진 상태였다.

연무흔은 신경 쓰인다는 듯 바깥을 슬쩍 바라보고 물었다.

"혈천교의 끄나풀들. 그놈들이랑은 어떻게 접촉하지?"

"……!"

현종산의 입이 벌어졌다.

설마 연무흔이 그런 걸 물어볼 줄은 몰랐다는 반응.

하지만 연무흔으로선 당연한 일이었다.

'어차피 혈천교는 나를 죽이려고 들 게 분명하다. 그렇다면 먼저 선수를 쳐야지.'

원한을 사지 않은 상태라면 모를까?

혈천교와 연무흔은 이미 돌이킬 수 없는 선을 넘은 상태였다. 그러니 언젠가는 그 칼날이 사신에게 향할 터.

연무흔은 그 전에 자신이 혈천교의 목을 조를 생각이었다.

저들도 설마 자신들이 먼저 공격당할 거라곤 예상 못 할 게 분명했기 때문이다.

"그, 그건……."

"모른다고 하지 않는 게 좋을 거야. 최대한 고통스럽게 죽고 싶지 않으면."

"……!"

현종산의 얼굴에 공포가 떠올랐다.

눈앞의 상대는 자신을 정말 고통스럽게 고문하다 죽일 것 같았기 때문이다.

"그리고 미리 말해 두지만 네가 놈들을 배신하는 게 아니다. 놈들이 너를 먼저 배신한 거지. 이걸 봐라."

연무흔은 그렇게 말하고 뭔가를 건넸다.

바로 살막에서 찾아낸 의뢰서였다.

그걸 읽은 현종산의 눈이 큼지막하게 커졌다.

"그, 그렇다면 설마?"

"그래. 놈들은 네 입을 막기 위해 너를 죽이려고 했다. 그러니 네가 말하는 것도 배신이 아니야."

어차피 상호 간에 신뢰도 없던 놈들이 무슨 배신이니 뭐니 하겠는가.

연무흔은 진심으로 그렇게 생각했다. 물론 상대가 의리를 지킨다고 해서 다시 볼 건 아니긴 하지만.

"비, 빌어먹을 놈들! 우리가 해 준 게 얼만데……."

의뢰서를 읽고 있던 현종산의 얼굴이 부들부들 떨렸다.

지독한 배신감을 느꼈다는 표정.

연무흔은 그런 그에게 다시 물었다.

"어차피 혈천교가 남아 있으면 너는 계속 놈들에게 쫓기는 신세겠지. 그러면 그냥 나한테 털어놓는 게 낫지 않나?"

"마, 만약 제가 말하면 혈천교를 없애 줄 겁니까?"

"그래."

"……!"

그냥 말해 본 것이었는데 반응이 너무 단호했다.

현종산은 멍한 얼굴로 연무흔을 바라보았다.

혈천교는 패왕 시대 때부터 내려온 무섭고 거대한 조직.

평범한 문파는 감히 대적할 수 없는 게 당연했다.

하지만 눈앞의 연무흔은 어떤가?

'노, 놈이라면 왠지 모르지만 정말로 혈천교를 쳐부술 것 같은 기분이 들어.'

연무흔과 한번 적대해 본 사람이니만큼 알 수 있었다.

그는 정말로 아무런 문제도 없이 혈천교를 쳐부술 것 같았다.

분명 아직 힘이 모자랄 게 분명한데도, 그럴 거라는 생각이 강하게 들었다.

'차라리 놈들의 위치를 알려 주면 둘이 싸우다가 공멸하지 않을까?'

현종산은 문득 그런 생각이 들었다.

잠시 동안의 고민 후.

그는 결국 자신이 아는 사실을 털어놓았다.

"사, 사천의 호연상회. 그들을 통하면 혈천교와 접선할 수 있습니다."

"사천이라……."

귀주성 안에 있을 거라고 생각했는데 꽤 멀다.

하긴 당연한 일이긴 했다.

'만약 놈들의 본거지가 여기였다면 귀주현가가 망했을

때 지원을 한 놈만 보내진 않았을 테니까.'

거리가 떨어져 있으니 습격당하고 망했다는 사실도 늦게 알았을 터.

사천이라면 귀주와 접해 있기는 하지만, 적어도 며칠은 걸릴 거리니 말이다.

"좋아. 정보 고맙다."

"그, 그렇다면……."

현종산의 얼굴에 화색이 떠올랐다.

분위기만 보면 이대로 연무흔이 물러갈 것 같았기 때문이다.

하나.

"정보료라고 하긴 뭐하지만 고통 없이 보내 주마."

서걱!

무척이나 빠른 참격이 현종산의 목을 갈랐다.

그는 자신이 베였다는 사실을 인지하지도 못했다.

쿵.

그의 몸이 힘없이 떨어졌다.

연무흔은 피를 털어내고 안가 밖으로 나왔다.

그곳에는 이미 서른 명 정도의 무인들이 진을 치고 기다리고 있었다.

"여기까지 쫓아와서 아무런 힘도 없는 조무래기를 죽이다니, 너무한 거 아닌가?"

"나는 후환을 남겨 두지 않는 성격이라 말이지. 그보다 닌 누구냐?"

연무흔은 미친 사람처럼 낄낄거리며 웃고 있는 한 청년을 바라보며 물었다.

청년은 검을 툭툭 두드리며 말했다.

"연후라고 해. 남사도련에서 무력대 하나를 맡고 있지."

"내가 이쪽으로 온 건 어떻게 알았지?"

"운이 좋았어. 우리 애들 중 네가 이쪽으로 오는 걸 본 사람이 있었거든."

스릉.

연무흔은 조용히 다시 기세를 끌어올렸다.

적의 숫자는 서른 명이나 됐지만 충분히 해 볼 만할 것 같았으니까.

"아니, 잠깐! 잠깐만! 멈춰 봐. 난 싸우려고 온 게 아니라고."

하지만 연후라고 하는 청년은 기겁하며 손을 내저을 뿐이었다.

연무흔은 그를 바라보며 물었다.

"그럼 뭐 하려고 왔지?"

"개인적으로 투룡이 어떤 인물인지 궁금하기도 했고…… 위로부터 명령을 하나 받아서 말이야."

"나를 남사도련으로 데려오라는 명령인가?"

"이미 한 번 제안을 받았다고 했던가? 말이 잘 통하네. 맞아. 우리는 네가 남사도련에 소속되었으면 좋겠다고 생각하고 있어."

그는 진심이라는 듯 눈을 빛냈다. 하지만 연무흔은 피식 웃을 뿐이었다.

"그리고 그 대답은 이전에도 했던 것 같은데."

"대답을 바꿀 생각은 없어?"

"있다면 그렇게 대답했겠지."

"흐음. 그거 곤란한데."

"곤란하면 무력이라도 쓸 생각이냐?"

이런 경우엔 보통 억지로 데려간다며 덤벼드는 경우가 많았으니 말이다.

하지만 청년은 고개를 저었다.

"그런다고 같은 편으로 만들 수 있었다면 진즉 같은 편이 됐겠지. 흐음, 그럼 이건 어떨까? 그냥 잠시 우리를 따라와 보는 거야."

"따라오라고?"

"네 신변의 안전은 무조건 보장할게. 원한다면 다른 세력에 이걸 알려도 좋아. 우리 남사도련 귀주 지부의 높으신 분이 너를 보고 싶어 하거든."

연후의 눈빛에는 진심이 담겨 있었다. 자신을 어떻게 해보려는 거짓말은 아닌 듯했다.

하지만 연무흔의 대답은 정해져 있었다.

"싫다."

"뭐?"

그는 피식 웃으며 말을 이었다.

"내가 보고 싶으면 직접 와야지, 왜 사람을 오라 가라 하는 거냐? 네 상관한테 나랑 대화해 보고 싶으면 직접 찾아오라고 전해라."

"허어……!"

연후의 입이 쩍 벌어졌다.

그럴 수밖에 없었다.

그들은 남사도련.

아무리 남북으로 나뉘어 있다고 해도 한때 사파를 지배하던 세력이었다.

그런데 그런 곳의 초대를 이렇게 가볍게 거절할 줄이야?

"정말 그렇게 나올 거냐?"

연후가 믿을 수 없다는 듯 물었다.

"태도가 당당한 건 좋지만 이건 너무 심하지 않느냐. 너도 남사도련이 적이 되면 많이 곤란할 텐데?"

"적이 되면, 이라."

연무흔이 입가를 비틀었다.

"그 소리는 미리 행동을 하기 전에 했어야지."

"뭐? 우리가 너희에게 적대적인 행동을 했다는 거냐?"

"그래."

연무흔이 고개를 끄덕였다.

"너흰 본 문과 싸운 귀주현가의 후계자를 몰래 받아 줬을 뿐만 아니라 현가의 부재로 비어 있는 지역을 차지하려고 하고 있잖느냐."

"그건 그쪽에서 먼저 보호를 요청……."

"다 사정을 알고 있는데 헛소리하지 마라. 분명 너희가 그쪽에 접촉해서 수작을 부린 것이겠지."

그렇지 않으면 무림맹도 아니고 남사도련에 보호를 요청할 리가 없지 않은가.

연무흔의 말에 연후의 인상이 찡그려졌다.

"문파의 이득을 위해 행동하는 건 당연한 일이잖냐."

"당연한 일이지만 그걸 내가 이해해 줄 필요는 없다. 아니, 오히려 지금 네놈들의 목을 따지 않는 것만 해도 많이 봐주고 있는 거지."

"따려면 딸 수는 있고?"

"못 할 거 같냐?"

사아아악!

그 순간 연무흔에게서 짙은 살기가 터져 나왔다.

"……!"

연후는 갑작스러운 살기에 놀라 오싹해짐을 느꼈다. 그는 본능적으로 뒤로 물러나며 검 자루에 손을 가져다 댔다.

연무흔은 그걸 보고 피식 웃었다.

"내 생각엔 할 수 있을 것 같은데."

"이런 빌어먹을……!"

연후가 욕설을 내뱉었다.

하지만 그렇다고 연무흔과 싸울 용기는 나지 않았다.

'분명 나랑 비슷한 나이인 거 같은데 어떻게 이런 살기를 뿜을 수 있는 거지?'

연후는 이해할 수가 없었다.

그도 어린 시절부터 천재라는 소리는 다 들으며 자랐고, 가문이 속해 있는 남사도련의 지원도 빵빵하게 받은 사람이었다.

실전?

당연히 경험해 봤다.

비슷한 적과 싸워 보기도 했고, 적을 죽인 적도 꽤 많았다. 하지만 그럼에도 눈앞의 상대에게 비할 수는 없을 것 같았다.

"알아들었으면 이제 떠나라. 내 말을 전하는 것도 잊지 말고."

"……."

연후는 싸늘한 눈으로 연무흔을 바라보다 말했다.

"마지막으로 다시 충고하겠는데, 본 련을 적으로 돌리려 하지 마라. 크게 후회할 것이니."

"오히려 내가 하고 싶은 말이군."

연무흔은 사나운 미소를 지으며 연후와 눈을 마주쳤다.

"너희야말로 나를 적으로 돌리지 않는 게 좋을 것이다."

"……!"

"끝까지 날 어떻게 해 보려고 했던 귀주현가가 어떤 꼴이 됐는지 알잖나."

연무흔은 그렇게 말하고 자리를 떴다. 연후는 그가 떠난 자리를 보며 나지막이 욕설을 내뱉었다.

"돌아가자!"

그는 부하들을 이끌고 남사도련으로 복귀했다. 연무흔을 끌고 가지 못한 이상 질책은 각오해야 했다.

투신문으로 돌아온 연무흔은 곧장 문도들을 소집했다.

"혈천교의 꼬리를 찾았다."

그는 그렇게 말하고 지금까지 있었던 일들을 짤막하게 설명했다.

이야기를 듣던 문도들이 심각한 표정을 지었다.

"사천이라."

"그리 멀지는 않은 곳에 있군요."

"하지만 그래도 바로 갈 수는 없습니다. 자칫하면 그곳에 있는 문파들을 자극할 위험이 있어요."

소 총관의 의견에 몇몇 문도들이 고개를 끄덕였다.

"나 또한 그렇게 생각한다. 자칫하면 괜한 시비에 휘말릴 수도 있겠지."

호연상회가 혈천교의 끄나풀이라는 확실한 증거가 있다면 모를까?

그냥 무작정 쳐들어갔다간 그 상회와 관련된 문파들과 적이 될지 몰랐다.

그것 자체는 두렵지 않았으나…….

'귀찮지.'

자칫하면 그들을 신경 쓰느라 제대로 된 조사를 하지 못하게 될 가능성도 컸다.

그사이 호연상회는 증거를 엄폐하고 도망치거나 하겠지.

그렇다면 기껏 잡은 꼬리를 놓치는 거나 다름없었다. 그건 자신이 원하는 바가 아니었다.

"게다가 사천에 다녀오려면 적어도 열흘 이상은 이곳을 비워야 하는데 그것도 마음에 들지 않아. 본진은 반드시 누군가가 지키고 있어야 한다."

투신문의 부지가 아무리 작다고 해도 간부 한 명에게 모든 걸 맡길 정도로 작지는 않았다.

만약 사천으로 떠났을 때 본진이 습격이라도 받으면?

인명 피해 자체는 크지 않겠으나 본거지가 털렸다는 사

실은 널리 퍼질 터였다.

그렇다면 투신문을 보는 대중의 시선도 어느 정도 바뀌게 되겠지.

'소수 정예는 이래서 안 돼, 라면서 말이야.'

연무흔은 그 꼴을 보고 싶지 않았다.

그러니까.

"사람을 뽑으려고 한다."

"……!"

연무흔의 선언에 문도들이 술렁였다.

사실 문도를 더 뽑는 것 자체는 예견되어 있는 일이었다. 다만 기존 문도들의 수준을 한층 더 끌어올리기 위해 잠시 미루어 둔 일이었다.

"주군, 정말 괜찮으시겠습니까?"

그렇기에 걱정이 된 소진호가 물었다.

다른 사람들도 다 비슷한 표정이었다. 그들이 제대로 간부 역할을 맡을 수 있을지 걱정되어서였다.

"원래라면 조금 더 시간을 들이려고 했지. 하지만 사정이 바뀌었다."

혈천교의 꼬리를 잡았고, 남사도련이 시시각각 귀주를 집어삼키려는 야욕을 보여 주는 중이었다.

아마 지금 눈치를 보는 무림맹이나 북사도련도 곧 참전하겠지.

그 전에 귀주에 대한 지배권을 공고히 하기 위해선 사람이 남아야 했다.

"그리고 너희들은 충분히 할 수 있지 않느냐. 그리 걱정할 필요는 없다. 나는 너희를 믿으니까."

연무흔은 진심을 다해 그렇게 말했다.

이미 녹림 토벌, 귀주현가 전투, 살막 토벌 등으로 몇 번의 격렬한 실전을 겪은 이들이었다.

소수 정예라 불릴 만큼 뛰어난 무력을 가졌다는 소리다.

거기에 얼마 전에는 영약을 먹어 내력까지 보충했으니…… 이제 그들은 엄연한 강자였다.

한 문파의 간부를 맡기에 부족함이 없었다.

"주군!"

소진호가 감동했다는 표정을 지었다.

다른 이들도 크게 다르지 않았다.

존경하는 문주가 저렇게까지 말해 줬는데 감동받지 않을 수가 없었다.

'문주님도 나를 믿어 주시는데.'

'회의가 끝나면 당장 수련에 들어가야겠어.'

'반드시 주군의 기대에 보답할 만큼 강해져야 한다!'

문도들은 그렇게 생각하며 의지를 불태웠다.

그들의 표정에서 드러나는 감정을 본 연무흔이 옅게 미소를 지었다.

"그래도 처음엔 그렇게 많이 뽑지 않을 것이다. 일단은 한 사오십 명 정도면 충분하겠지."

그 정도면 사실 적은 숫자는 아니었다.

딱 소규모 문파에 소속된 정원이 그 정도였으니까.

다만 그렇다고 많은 것도 절대 아니었다.

그 예로 대형 문파의 무력대 하나에 속해 있는 무인들의 숫자만 해도 사십 명이 넘는 경우가 허다했다.

당장 얼마 전에 싸운 귀주현가의 전력도 이것보단 훨씬 더 많았다.

하지만 문파원들은 아무도 불만을 표출하지 않았다.

그것이 바로 연무흔의 의견이었기 때문이었다. 투신문의 주인은 그였고, 문도를 뽑을 권리도 당연히 연무흔에게 있었다.

게다가 그는 모든 문도들에게 존경과 사랑을 받는 존재. 그가 무슨 일을 하든 문도들은 합당한 이유가 있을 거라고 생각했다.

실제로도 크게 다르진 않았다.

"한 번에 너무 많은 인원을 뽑으면 자칫 이런저런 문제가 많이 생길 수도 있다. 게다가 투신문의 부지는 몇백 명을 수용하기엔 당장 너무 좁지."

"하면……."

"일단 실력 좋은 사람들로 쉰 명 정도를 뽑아 투신문을 지키게 한다. 그다음 공사를 하든 본거지를 옮기든 해서 사람을 더 뽑을 여력을 만들고, 추가로 모집을 진행할 생각이다."

문도들은 전원이 고개를 끄덕였다.

모두가 동의했다고 판단한 연무흔이 소 총관을 바라보았다.

"소 총관, 그럼 부탁해도 되겠소?"

"물론입니다, 문주님."

곧 소 총관이 투신문의 문도를 모집한다는 글을 작성해 귀양 곳곳에 붙였다.

그리고 얼마 뒤.

투신문의 앞마당은 문도가 되기 위해 찾아온 사람으로 가득 찼다.

방현은 어린 시절부터 힘이 장사였다.

동네에서 따를 자가 없었다.

그는 자신의 특기를 살려 무림인이 되고자 했지만, 아쉽게도 그가 들어갈 수 있는 문파는 삼류 문파들뿐이었다.

'멍청하고 어리석은 놈들 같으니라고.'

대문파는 말할 것도 없고 어느 정도 중견이라고 부를 수 있는 문파부터는 추천을 받아서 문도를 뽑는 경우가 대부분이었다.

그렇지 않으면 대부분 시험을 보아 문도를 뽑았는데, 그마저도 일찍부터 무공을 익힐 수 있게 어린 사람을 뽑는 경우가 대부분이었다.

이미 장성해서 무공을 익히기 늦었다고 판별된 방현은 어디에서도 환영받지 못했다.

그를 받아 주는 곳이라곤 삼류 문파 혹은 더러운 일을 하는 흑도 문파들뿐.

하지만 그렇다고 못된 일을 하는 흑도인이 되고 싶진 않았다.

그래서 방현은 낭인 일을 하면서 기회를 노렸다. 언젠간 번듯한 문파에 들어가고 싶어서였다.

그러던 중 기회가 찾아왔다.

'투신문.'

얼마 전 새로 나타난 신생 문파이면서도 등장과 동시에 엄청난 활약을 펼친 소수 정예 문파.

현재는 문도 수가 너무 적어서 아직 살짝 모자라다는 평가를 받고 있지만, 만일 사람만 채워지면 귀주의 지배자가 될 거라는 예측이 강한 문파였다.

'그런 곳에 들어갈 수만 있다면…….'

자신의 재능을 마음껏 펼칠 수 있을 것이다.

어쩌면 인정받아서 간부가 된 다음 무림에 이름을 떨치게 될지도 모르지.

그리고 굳이 그게 아니더라도 조건이 무척 마음에 들었다.

모집문에 쓰여 있는 대로라면 투신문은 주변의 다른 문파들보다도 삼 할은 더 많은 월봉을 지급한다고 했다.

여러모로 지원하지 않을 이유가 없는 곳이었다.

그리고 그런 생각은 방현만 하는 게 아니었는지.

'사람 한번 많군.'

그는 주변을 둘러보며 바글바글한 지원자들을 관찰해 보았다.

대부분은 어중이떠중이들이었지만 문제는 그 숫자였다. 솔직히 당일 지원하는 인원만 봐도 수백 명, 아니, 천 명이 넘을 것 같았다.

어찌나 많은지 저 바깥까지 쭉 줄을 서 있을 정도.

'그만큼 이 투신문에 들어오고 싶다는 사람이 많다는 거겠지.'

방현은 기대 어린 표정으로 다가올 시험을 기다렸다.

곧 아직 앳된 소년 한 명이 지원자들을 향해 소리쳤다.

"모두 정숙해 주십시오! 주군께서 입장하십니다!"

투신문주의 등장에 모두가 숨을 삼켰다.

이곳의 주인인 투룡은 어린 나이부터 벌써 수많은 전설을 써 내린 뛰어난 고수였으니까.

심지어 그는 뛰어난 외모와 남들이 함부로 입을 열지 못하게 하는 압도적인 위엄을 지니고 있었다.

등장만으로 좌중을 휘어잡는 게 과연 보통 사람은 아닌 것 같았다.

그렇게 숨이 막힐 것 같은 긴장감 속에서.

"우선, 다들 이렇게 투신문의 문도가 되기 위해 찾아와 줘 고맙다는 말을 전하고 싶다."

그가 먼저 입을 열었다.

의외로 그 내용은 평범했다.

하지만 그럼에도 긴장은 풀리지 않았다. 모두가 집중하며 다음 말을 기다렸다.

"하지만 이렇게 모인 이들 중 오늘 투신문에 들어올 수 있는 이는 오십 명뿐이다. 아마 대부분의 사람들은 본 문에 들어오지 못하고 돌아가게 될 것이다."

확률은 대략 이십 분의 일.

모두가 그 말을 듣고 긴장감에 숨을 삼켰다.

아무리 자신이 있다고 해도 결코 높은 확률은 아니었기 때문이다.

투룡의 말처럼 아마 이 중에 통과하는 건 극소수에 불과하리라.

연무흔이 앞으로 나서며 입을 열었다.

"모두 이해한 것 같군. 그렇다면 지금부터 첫 번째 시험의 진행 방식에 대해 알려 주겠다. 첫 번째 시험은 간단하다. 그저 나와 마주 본 상태에서 어느 정도 내 기세를 버텨 낼 수 있다면 합격이다."

연무흔의 말에 잠시 웅성거림이 일었다.

기세를 버텨 내라고?

많은 사람들에게는 별로 와닿지 않은 말이었기 때문이다.

하지만 반면에 전혀 다른 이유로 반응한 이들도 있었다.

"기세를 버티면 통과라고?"

"너무 쉽군."

그들은 이미 어느 정도 실력을 쌓고 찾아온 무림인들이었다.

쉽게 말해 경험이 풍부한 자들.

그들은 경지가 높은 무인들이 자신의 기세를 방출해 상대를 위협할 수 있다는 걸 알고 있었다.

살기나 위압감을 내뿜는 게 바로 그런 종류였다.

'이미 낭인 일을 하면서 살기는 질리도록 겪어 봤지.'

방현 또한 그중 하나였다.

그래서 자신감 넘치는 표정으로 생각했다.

'첫 번째 시험은 실전 경험이 없는 어중이떠중이를 골라내는 건가 보군. 쉽게 통과하겠어.'

그렇게 생각하고 있을 때였다.

"내가 먼저 해도 되겠소?"

콧수염을 기른 무인 하나가 앞으로 나와 자원했다.

"기다리는 건 성미에 맞지 않아서."

"상관없다. 어차피 예시를 보여 줘야 했으니까. 그럼 바로 시작해도 되겠나?"

"물론."

콧수염 사내는 자신만만하게 대답했다.

기세라고 해 봤자 젊은 녀석이 얼마나 거센 기세를 뿜어내겠는가.

그냥 적당히 버티기만 하면 통과인데 이는 거저먹는 것이나…….

"……!"

다름없다고 생각했는데.

오싹!

온몸에 소름이 돋았다.

눈에 핏발이 서고 눈동자가 떨렸다.

콧수염 사내는 식은땀을 흘리며 연무흔을 바라보았다.

겉보기에 연무흔은 아무것도 변하지 않았다.

그저 차분히 자신을 바라볼 뿐.

하지만 그 시선 속에서 느껴지는 살기.

그것은 지금껏 콧수염 사내가 겪어 본 적 없을 정도로 무시무시한 것이었다.

"허억."

숨통이 조이는 것만 같았다.

그는 본능적으로 무기에 손을 대며 뒤로 물러났다.

깜짝 놀란 다른 참가자들이 그의 주변에서 벗어났지만 그는 도저히 신경 쓸 여유가 없었다.

"미친……."

마치 포식자를 눈앞에 둔 먹잇감이 된 기분이었기 때문이었다.

그는 달달 떨리는 눈으로 연무흔을 응시했다.

그 모습을 가만히 보던 연무흔이 말했다.

"본래라면 뒤로 움직인 순간 탈락시켜야 했다."

"……!"

"하지만 스스로 지원해 모범을 보이기도 했고 도망치기보단 일단 대응하려던 점에 추가로 가점을 주겠다. 통과."

통과라는 말과 함께 그를 짓누르던 살기가 마치 없었던 것처럼 사라졌다.

하지만 콧수염 사내는 식은땀을 질질 흘릴 뿐 뭔가를 할 생각도 하지 못했다.

방금 전에 느낀 살기의 여운이 아직도 남아 있었으니까.

그를 본 연무흔이 툭 내뱉었다.

"앞으로 통과자들은 오른쪽으로 이동해라. 지금 당장 이동하지 않으면 다시 탈락 처리하겠다."

"……!"

비로소 정신을 차린 콧수염 사내가 비틀거리며 오른쪽으로 이동했다.

그 모습을 보던 좌중은 침묵에 잠겼다.

도대체 무슨 일이 있었길래 그리 자신감을 보이던 저 사내가 저리 반응하는지 의문이었기 때문이다.

하지만.

"다음. 이제부턴 먼저 온 순서대로 나오도록."

그들은 곧 어째서 콧수염 사내가 저리 반응했는지 알 수 있었다.

"으, 으아아아아악!"

"우웨에에에엑!"

대부분의 참가자들은 찰나조차 버티지 못했다.

비명을 지르며 도망치거나, 혹자는 바닥에 속을 게워 내는 이들도 있었다.

"허억……!"

쿵.

심지어는 눈을 까뒤집고 기절하는 이들까지.

시험을 진행하면 진행할수록 실려 가는 사람의 숫자가 많아졌다.

반면 시험을 통과해 오른쪽으로 가는 사람의 수는 무척이나 적었다. 거의 백 명이 시험을 봤지만 그 십분지 일만이 통과할 수 있었다.

'도, 도대체 얼마나 기세가 강하면 저런 반응을 보이는 거지?'

방현은 자신의 차례가 다가오자 초조해질 수밖에 없었다.

그렇게 탈락한 이들 중에선 자신과 같은 낭인 출신들도 있었으니까.

그들은 무관에서 무공을 익힌 햇병아리들과는 다르게 그래도 실전이란 걸 경험해 본 사람들이었다.

한데 그런 낭인들도 탈락했다는 건 시험의 난이도가 보통이 아니라는 소리였다.

"다음."

하지만 방현에게는 더 생각할 여유가 없었다.

시험의 다음 참가자는 자신이었으니까.

그는 침을 꿀꺽 삼키고 앞으로 나섰다.

연무흔이 그를 바라보고 있었다.

'이 녀석, 대력지체(大力之體)를 타고난 녀석이군.'

연무흔은 방현을 보자마자 한눈에 그의 체질을 알아보았다.

대력지체.

자신이 타고난 천무지체보다는 못하지만 선천적으로 강

한 육신을 가지고 태어나는 특이한 체질이다.

이것을 가지고 태어난 이들은 보통 외공의 고수가 되거나 무거운 무기들을 잘 다루는 경향이 있었다. 패왕의 부하들 중에도 몇몇 있어서 바로 알아볼 수 있었다.

'하지만 아직 햇병아리야.'

특이한 체질을 타고나긴 했지만, 그렇다고 그게 시험에 붙여 줄 이유는 되지 않는다.

연무흔은 다른 사람들과 똑같이 그에게 기세를 뿜어내기 시작했다.

투신기에서 비롯되는 압도적인 위압감!

그것을 정면으로 맞은 방현의 얼굴이 새하얗게 질렸다.

'버티는가.'

하지만 그는 주먹을 꽉 쥐고 연무흔의 기세를 버텨 냈다.

공포 때문에 주먹이 덜덜 떨리고 있긴 하나 물러서진 않았다.

평소 성격이 대범하고, 거기에 더해 실전 경험도 있다는 뜻이다.

'아무리 내가 강도를 약하게 하고 있다고 해도 이 정도면 꽤 쓸 만하겠어.'

당연하지만 연무흔은 지금 시험을 치르는 이들에게 자신의 전력을 보여 주지 않은 상태였다.

같은 초절정의 경지에 오른 무인들조차 흠칫하며 물러

나게 하는 것이 바로 그의 위압감이었다.

반약 선력을 다했다면 통과하는 사람은 거의 없지 않을까.

'하지만 그렇다고 해도 평범한 사람은 버티지 못할 정도로 강도를 조절 중이다.'

이걸 버틴다면 일단 보통 담력을 가진 게 아니라는 건 확실했다.

연무흔은 그렇게 생각하며 말했다.

"통과."

결국 방현은 몸을 떨면서 통과자들이 모인 쪽으로 이동했다.

먼저 통과한 참가자들이 고생했다는 듯 그의 어깨를 두드려 주었다.

"다음."

연무흔은 그렇게 계속해서 시험을 진행했다.

계속 자신의 기세를 내뿜는 것도 쉬운 일이 아닐 텐데, 그는 포기자를 제외한 전원에게 시험을 진행했다.

결국 도전한 모든 이들이 연무흔의 위압감을 경험할 수 있었다.

'대략 칠십 명 정도인가.'

일차 시험을 통과한 사람의 숫자였다.

'적어도 백 명은 통과할 줄 알았는데.'

생각보다는 적은 숫자다.

하지만 시험의 내용을 바꿀 생각은 없었다.

"일차 시험에 통과한 걸 축하한다. 하지만 나는 이번에 받을 문도의 숫자를 쉰 명 이하로 제한할 생각이다. 그러니 곧바로 이차 시험을 진행하겠다."

연무흔은 곧장 두 번째 시험의 내용을 알려 주었다.

"일차 시험이 담력을 확인해 보는 시험이었다면, 이차 시험은 참가자의 실력을 확인해 보는 시험이다. 지금부터 순서대로 자기가 가장 자신 있는 방식대로 나를 공격하도록. 그렇다면 내가 점수를 매겨서 참가자를 평가하겠다."

그는 그렇게 말하며 연무장 한편에 걸린 무기 거치대를 가리켰다.

"저기 있는 무기를 사용해도 좋고, 자신의 애병을 사용해도 좋다. 권장법 혹은 암기나 독으로 무공을 펼치는 것도 얼마든지 허용하겠다."

"……!"

지나치게 넓은 범위에 오히려 당황한 건 참가자들이었다. 하지만 그들은 마침 잘됐다는 듯 고개를 끄덕였다.

'검 같은 걸로 통일하는 것보단 훨씬 낫다.'

그들 중에는 검이 아닌 다른 병기를 주 무기로 사용하는 이들도 꽤 있었기 때문이다.

손에 익지도 않은 검을 쓰라고 강요받을 바에는 이게 훨씬 나았다.

"기준은 내 개인적인 판단이고, 오십 점 이하면 탈락 처리하도록 하겠나. 아, 그리고 내게 조금이라도 부상을 입힌 사람은 간부로 발탁할 뿐만 아니라 금자를 상으로 줄 테니 열심히 해 보도록."

"……!"

금자라는 말에 참가자들의 눈이 뒤집혔다.

그들은 욕망 어린 눈으로 연무흔을 바라보았다. 어떻게든 상처를 내려면 그가 지칠 때까지 기다려야 했다.

하지만 이러면 누가 먼저 하려고 들겠는가?

그 답은 곧장 나왔다. 연무흔이 미리 기준을 정해 놨기 때문이다.

"참고로 앞의 순서에서 도전하는 사람일수록 더 기준을 후하게 적용할 테니 그렇게 알고 있도록. 첫 번째 시험과는 다르게 이번엔 지원한 순서대로 시험을 치를 테니 모두 그렇게 알고 있어라."

먼저 도전해서 점수를 노릴 것이냐.

아니면 나중에 도전해서 금자를 노릴 것이냐.

생각보다 후자를 선택한 사람은 많지 않았다.

투룡 연무흔이 엄청난 실력을 가진 건 이미 널리 알려진 사실이었기 때문이다.

솔직히 체력이 좀 빠진다고 그에게 상처를 낼 가능성은 거의 없었다.

반면에 먼저 도전하면 점수를 상대적으로 후하게 준다고 하니 투신문에 들어가기 위해선 그쪽이 훨씬 더 나았다.

그래서 시험은 빠르게 진행되었다.

"칠십 점. 통과."

"삼십이 점. 탈락."

"오십오 점. 통과."

그는 쉬지도 않고 자신을 공격하는 참가자들의 공격을 받아 냈다.

한 치의 호흡도 흐트러지지 않고 칠십 명이나 되는 사람의 공격을 막는 모습은 경이로울 지경이었다.

게다가 그는 여러 무기를 상대해 본 경험도 많은지 상대가 어떤 무기를 들고 와도 가볍게 대처해 내곤 했다.

심지어는 철퇴나 그물 같은 희귀한 무기를 든 이들의 공격도 피해를 입지 않고 막아 냈다. 사람들은 그가 왜 투룡이라 불리는지 다시 한번 느낄 수 있었다.

그렇게…….

"칠십 명 중 마흔두 명이 합격했군."

시험이 끝났다.

다행히 참가자 중 합격한 사람의 숫자는 처음에 받아들이기로 한 숫자와 크게 차이가 나지 않았다.

"너희들은 이제부터 투신문도의 신분이 되어 월봉을 지급받을 것이다. 모두다 평무사에서 시작하겠지만 가진 능력에 따라 직급이 올라가거나 내려갈 수도 있다. 또한 재능과 문파에 세운 공헌에 따라 무공과 영약이 지급될 것이니 그렇게 알고 있도록."

"와아아아아아아아!"

"합격이다!"

투신문에 입문하게 된 이들은 기쁨의 함성을 내질렀다.

하지만 반면에 칠십 명 중 떨어지게 된 이들의 표정은 몹시 좋지 않았다.

음울한 표정을 지은 사람도 있었고, 무척이나 화가 나 보이는 사람도 있었다. 특히 그중에서 화가 심해 보이는 이가 소리를 질렀다.

"이건 불공평하오!"

"뭐가 불공평하다는 거지?"

연무흔은 순식간에 분위기를 얼어붙게 만든 그를 보며 차갑게 물었다.

"내 평가 기준이 이상하다고 말하려는 건가?"

"그, 그건 아니지만……."

사내는 연무흔의 반응에 당황하여 말을 흐렸다.

사실 화가 나긴 했지만 저 무서운 투룡을 상대로 따질 자신은 없었던 것이다.

잠시 고민하던 그는 대신 만만한 상대를 골랐다.

"우리는 이렇게 투신문에 들어오기 위해 시험을 봤는데

저기서 보고 있는 꼬마들은 그 이전부터 투신문 소속이었잖소. 능력도 안 되는데 먼저 들어왔다는 이유로 자리를 차지한 건 불공평하다고 생각되는 바요."

"옳소!"

그의 말에 몇몇 탈락자들이 맞장구를 쳤다.

솔직히 그들도 나이가 어려 보이는 소진호나 하연우가 자신들도 들어가지 못한 투신문의 문도라는 게 마음에 들지 않았기 때문이다.

"하하하."

하지만 그런 사내의 말에 연무흔은 웃음을 터뜨릴 뿐이었다.

화를 낼 줄 알았는데 여기서 웃어 버리다니?

사내의 표정이 기묘해졌다. 솔직히 이런 반응은 예상하지 못했기 때문이다.

"왜, 왜 그렇게 웃는 거요?"

"가소로워서."

연무흔은 진심으로 웃기다는 듯 입꼬리를 올리며 말했다.

"설마 내가 인정한 문도들이 너희들보다 못하다는 말을 하고 싶은 건가?"

사내가 당황했다. 이는 자칫하면 연무흔을 모욕하는 꼴이 될 수도 있었기 때문이다.

"내 장담 하나 하지."

연무흔은 그런 사내의 반응을 신경 쓰지도 않으며 말을 이었다.

"넌 내 수하들에게 삼초지적도 못 돼."

"……!"

사내의 눈에 분노가 서렸다.

4장

"그 말, 인정할 수 없소."

사내가 딱딱한 목소리로 말했다.

그는 귀주에 있는 한 작은 무가 출신으로, 어린 시절부터 무공을 익혀 온 사람이었다.

가문의 무공이 뛰어난 것도 아니고, 무재가 있던 것도 아니지만 나름대로 열심히 무공을 수련해 왔다고 자부했다.

그런데 자신보다 한참은 덜 살았을 꼬맹이들보다 못할 거라니?

아니, 못할 걸 넘어 삼초지적도 안 될 거라니?

이건 그에 대한 모욕이었다. 결코 받아들일 수 없었다.

"네가 인정하지 않는다면 어쩔 거지?"

연무흔이 여전히 빙그레 웃으며 말했다.

"솔직히 나는 이런 말까지 하려고 하진 않았다. 하지만 너는 먼저 내 수하들을 모욕했지. 그래서 사실대로 말해 줬을 뿐이야."

"사실대로라니! 그럴 리 없소!"

"진실을 말해 줘도 부정하니 뭐 어쩔 도리가 없군. 더 이상 입을 열지 말고 그냥 가는 걸 추천하지."

"그럴 순 없소. 실추된 내 명예를 바로잡아야 하니."

"어떻게?"

"증명하겠소."

그는 한 발자국 앞으로 나서며 소진호를 가리키며 말했다.

"비무를 통해 내가 저 꼬맹이보다 못하지 않는다는 걸 증명해 보이겠소. 그러면 되는 것 아니오?"

"하……."

연무흔이 웃음인지 탄식인지 모를 소리를 흘렸다.

그는 소진호를 돌아보았다.

소진호는 딱딱하게 굳은 표정으로 사내를 바라보고 있었다.

"진호야, 너는 어떻게 생각하느냐."

"저는 주군의 뜻에 따르겠습니다."

"나는 내 뜻이 아닌 네 생각을 물었다. 무조건 내 명령에만 따르려고 하는 건 건 좋지 않은 버릇이야."

무조건적인 충성과 복종은 일견 좋아 보이지만, 연무흔은 수하들이 자신에게 너무 의존하는 걸 별로 좋아하지 않았다.

그렇게 된다면 혼자 생각하는 법을 잊어버리는 사람이 되기 때문이다.

명령을 내려 줄 사람이 없다면, 아무것도 못 하는 그런 사람이.

그렇기에 연무흔은 소진호가 자신이 틀렸을 땐 틀렸다고 말할 줄 아는 사람이 되기를 바랐다.

다행히 소진호는 그런 연무흔의 생각을 이해했다.

"저는 솔직히 마음에 들지 않습니다."

"저 사내가 말이냐?"

"예. 그가 저에 대해 뭘 안다고 저런 말을 합니까? 단지 제가 어리기 때문에 저를 무시하는 거라면 혼내 주고 싶습니다."

"그렇다면 비무를 받아들이겠다는 것이냐?"

"예."

"그렇다고 하는군."

연무흔은 씨익 웃으며 사내를 돌아보았다.

사내는 설마 소진호가 수락할지 몰랐다는 듯 살짝 당황한 표정을 보였다.

하지만 그것도 잠시.

"좋소! 그럼 지금 당장 겨루어 봐도 문제는 없겠지?"

"당신은 시험을 치른 직후인데 괜찮습니까?"

"상관없다."

"당신이 상관없는 게 문제가 아니라, 지고 나서 그걸 변명거리로 삼을 거라면 그만두라는 말을 한 겁니다."

소진호가 싸늘한 목소리로 말했다.

사내가 쌍심지를 켰다.

"건방진 놈. 네 주인이 강하다고 네가 뭐라도 된 것 같으냐?"

"적어도 당신보단 나은 사람이겠지요."

"좋다. 당장 혼을 내 주마!"

사내는 즉시 소진호를 향해 달려들었다.

'저 녀석은 분명 투석에 관한 무공을 사용한다고 했지?'

듣기로는 원거리에서 보호받으면서 돌을 던지는 게 주 무공이라고 한다.

그렇다면 근거리에서 펼쳐지는 기습에는 약할 터.

사내의 입가에 슬쩍 미소가 떠올랐다.

사실 이렇게 준비할 시간을 주지 않은 건 어느 정도 계산된 행위였다.

하지만.

쾅!

그의 의식은 거기까지였다.

마치 번개처럼 앞으로 이동한 소진호의 주먹이 사내의 턱을 날려 버렸으니까.

쿵.

사내가 쓰러졌나.

구경꾼들은 모두 입을 쩌억 벌렸다.

모두 커다란 굉음만 들었을 뿐, 이 자리에서 그의 움직임을 제대로 본 사람은 소수였다.

"흥."

하지만 그런 사람들의 시선에도 아랑곳하지 않고 소진호는 코웃음을 치며 사내를 내려다볼 뿐이었다.

그는 처음부터 자신의 주군에게 예의를 차리지 않는 사내가 고까웠다. 차라리 이렇게 혼내 줄 수 있어 시원하다는 생각까지 들었다.

"박투술이 많이 늘었구나, 진호야."

"주군께서 가르쳐 주신 덕분입니다."

부드럽게 말하는 연무흔의 말에 소진호가 활짝 웃으며 대답했다.

연무흔은 그런 그의 어깨를 두드려 주고 아래를 내려다보았다.

"패배를 인정…… 하고 말 것도 없군. 어차피 기절해서 말도 못 할 테고."

그는 주변을 돌아보았다.

아까 사내에게 동조한 몇몇이 그의 시선에 어깨를 움찔했다.

"더 도전할 사람은 없나?"

어쩐지 기대한다는 말투다.

하지만 이 꼴을 보고 도전하려는 사람이 나올 리가 없었다.

게다가 소진호는 소문에 따르자면 원거리 전문이 아니던가?

원거리에서 돌만 던지는 녀석의 경지가 저러한데, 그를 호위하는 다른 아이의 실력이 어떨지는 불 보듯 뻔했다.

결국 처음의 사내 이후에 나서는 이는 없었다.

"없나 보군."

연무흔은 마음에 들었다는 듯 고개를 끄덕이며 선언했다.

"좋아. 그렇다면 이걸로 이번 문도 모집을 마치겠다. 탈락자들은 다음에도 기회가 있으니 너무 낙심하지 말도록."

그렇게 첫 번째 대규모 입문 시험이 종료되었다.

다음 날.

시험을 통과한 마흔두 명의 통과자들은 투신문의 연무장에 도열해 있었다.

모두 한껏 긴장된 표정을 지은 채였다. 아무래도 첫 출근인 만큼 무슨 일을 맡고 뭘 할지 몰라서였다.

"반갑습니다, 여러분. 우선 본 문에 들어온 걸 환영한다는 말씀을 드리고 싶습니다."

그리고 그런 그들을 가장 처음 맞이한 건 바로 소진호의 아버지인 소성휘였다.

그는 빙그레 웃으며 자신을 소개했다.

"저는 이곳 투신문의 총관직을 맡고 있는 사람이자, 어제 본 진호의 아비 되는 소성휘라고 합니다. 다들 소 총관이라고 불러 주시길."

그는 그렇게 말하고 통과자들을 쓱 훑어보았다.

"본래는 여러분께 첫날부터 각자가 맡은 임무를 알려 주고 할 일을 주어야겠지만, 문주님께서는 여러분이 근무에 투입되기 전 보름 동안 간단한 훈련을 거쳐야 한다고 말씀하셨습니다. 말하자면 삼차 시험 같은 것이지요."

삼차 시험?

통과자들의 얼굴에 긴장이 떠올랐다. 설마 두 차례의 시험을 통과했는데 하나가 더 남아 있을지는 몰랐기 때문이었다.

"시험이라고 해도 너무 긴장하지 않으셔도 됩니다. 이건 어디까지나 입문 후에 치러지는 시험으로 성적이 가장 떨어진다고 해서 문파에서 방출되거나 하진 않으니까요. 다만 그렇다고 열심히 하지 않으면 안 됩니다. 어디에 배치되어 무슨 일을 할지, 그리고 승진 등의 여러 요소와 관련되어 있으니 다들 열의를 가지고 참여해 주셨으면 합니다."

소 총관은 그렇게 말하고 빙그레 웃었다.

"물론, 그렇게 말해 봤자 의욕이 나지 않겠지요. 그러니 이 훈련에서 일등을 하는 사람을 위한 상이 하나 준비되어 있습니다."

그는 그렇게 말하며 품속에서 꺼낸 작은 함 하나를 달칵 열었다.

붉은색 단환 하나가 마흔두 명의 참가자의 눈에 비쳤다.

"이것은 문주님께서 직접 만드신 화정이라는 영약입니다. 제대로 취하고 운기하면 일 년에서 삼 년 사이의 내공을 얻을 수 있는 물건이지요. 삼차 시험에서 일등을 한 분에게는 이걸 드리겠습니다."

"……!"

참가자들은 모두 흥분한 채 소 총관을 바라보았다.

아무리 하급의 영약이라지만 영약은 영약이었다.

시중에서는 구할 수 없거나 비싼 가격을 줘야만 얻을 수 있는 것.

한데 훈련에서 두각만 드러내도 그런 걸 준다고 하니 의욕이 샘솟는 것이다.

'그런데 문주님이 직접 만드셨다고?'

'그분은 영약도 만들 줄 아셨나?'

예비 문도들이 그렇게 생각하고 있을 때였다.

갑자기 소 총관이 상의를 탈의했다. 그 행동에 깜짝 놀란 이들이 소 총관을 바라보았다.

서류 업무를 주로 하는 총관이라고 해서 살짝 무시할 뻔했는데, 저 탄탄한 근육질의 몸매를 보니 그런 생각도 사라졌다.

저것은 최소 자기 단련을 꾸준히 하는 사람의 몸이었다. 그를 본 예비 문도들이 감탄했다.

'과연 투신문이구나.'

'괜히 소수 정예로 이름을 날린 게 아니었어.'

'총관도 저 정도 수준의 무인이라니.'

"지금부터 본 총관이 여러분에게 신체 단련법 하나를 알려 드리겠습니다."

한데 그 순간이었다.

푸근하고 사람 좋아 보였던 소 총관의 기세가 일순 변했다.

그는 한순간에 마치 무서운 교관이 된 것 같았다. 예비 문도들은 불안감에 빠진 눈으로 그를 바라보았다.

"여러분이 해야 하는 일은 간단합니다. 내공을 쓰지 말고 제가 하는 동작을 따라 하십시오. 만약 몰래 내공을 사용하다 걸리면 벌을 드리겠습니다."

소 총관은 그렇게 말하고 씨익 웃었다.

"그럼 시작하겠습니다. 부디 낙오하는 사람이 없으면 좋겠군요…….”

소 총관은 불길하게 웃으며 예비 문도들에게 금강호신결의 기초 동작들을 가르치기 시작했다.

곧 연무장에는 신음 소리만이 가득 찼다.

예비 문도들은 첫날부터 투신문에 들어온 것을 후회할 수밖에 없었다.

'지금쯤 소 총관이 한참 고생해 주고 있겠군.'

연무흔은 그렇게 말하며 생각하며 웃었다.

그가 대규모로 받은 첫 문도들에게 금강호신결을 가르치라 명한 이유는 하나였다.

'어쨌거나 이제 같은 식구가 된 몸이니까.'

기본적으로 금강호신결은 신체를 단련해서 단단하게 만들어 주고, 또 전장에서의 생존율을 크게 올려 주는 무공 중 하나였다.

연무흔은 지금껏 이것을 전 문도에게 매일 익히게 하고 있었다. 실제로 몇 번의 전투를 거치며 효능도 제대로 보고 있었고.

한데 이제 식구가 늘어났으니 그들에게도 같은 걸 시키는 건 어찌 보면 당연했다.

처음엔 모르겠지만 저들도 곧 왜 저걸 하는지 알게 되리라.

'그보다…….'

연무흔은 가볍게 차를 마시며 눈앞에 앉아 있는 여인을 바라보았다.

빙그레 웃는 여인의 정체는 바로 북사도련 출신의 혜령이었다.

이전부터 자신을 계속 북사도련으로 끌어들이려는 시도를 하는 걸로 모자라 저번 귀주현가 공략전 때는 아예 자신을 도와 귀주현가와 싸우기도 한 사람이었다.

"오늘도 나를 북사도련에 끌어들이려고 오셨소?"

"어머, 슬슬 그럴 마음이 드신 건가요?"

"그냥 물어보는 거요. 맨날 그것 때문에 왔으니까."

연무흔의 말에 혜령이 살포시 웃었다.

그녀는 재미있다는 표정으로 연무흔에게 말했다.

"마음 같아서는 그러고 싶지요. 하지만 들어오지 않으실 거잖아요?"

"내 대답을 너무 잘 아는군."

"몇 번이나 거절을 당했는데 그걸 모르겠어요? 게다가 예전보다 덩치가 커지기도 하셨고."

지금의 투신문은 더 이상 예전의 신생 문파가 아니었다.

아직도 인원은 작지만 귀주에서도 무력을 따지면 한 손

에 꼽히는 정예 문파.

그것이 바로 투신문이었다. 그러니 이전과는 태도를 다르게 할 수밖에.

"그렇다면 무슨 일로 오셨소?"

"그래도 나름 친분이 있는 사이인데 너무 딱딱하신 거 아니에요?"

"그런 만큼 공과 사는 더 철저히 해야 하니까. 잡다한 이야기는 용건을 듣고 나누도록 하지."

연무흔의 단호한 말에 혜령이 고개를 끄덕였다.

확실히 진지한 이야기를 하러 온 만큼 사담은 뒤로 미루어도 됐으니까.

"좋아요. 그렇다면 바로 본론으로 들어가시죠. 저는 지금까지 해 왔던 제안과 비슷하지만 다른 제안을 하러 투신문에 방문한 거예요. 바로 북사도련의 간부 신분으로 말이죠."

"북사도련의 간부 신분으로 왔다면…… 설마?"

"예. 아마 생각하시는 게 맞을 거예요."

혜령이 진지한 표정으로 물었다.

"연 문주님, 저희 북사도련과 동맹을 맺지 않으시겠어요?"

"동맹이라."

연무흔은 진지한 표정으로 물었다.

"북사도련과 동맹을 맺으면 우리에게 무슨 이득이 있지?"

"우선 잠재적인 적이 하나 줄어들게 되겠죠."

혜령이 곧장 대답했다.

"잠재적인 적? 북사도련은 투신문을 그렇게 생각하고 있던 거요?"

"문주님, 괜히 떠보지 않으셔도 좋아요. 어차피 문파와 문파의 관계라는 건 항상 그런 것이잖아요?"

그렇긴 했다.

같은 편이 아니면 언제든 적이 될 수 있는 것이었으니까.

"제가 아무리 문주님께 호의를 가지고 있다고 해도 문파 차원에서 적이 되면 갈라설 수밖에 없는 거죠. 저는 그런 미래가 오는 걸 원하지 않아서 이렇게 제안을 드리는 거고요."

"흐음. 하지만 그걸로는 모자라지."

북사도련과 적이 되지 않는 것?

그것 자체는 좋았다.

하지만 그것만 가지고 그들과 동맹을 맺기엔 살짝 부족한 감이 있었다.

투신문이 직접적으로 얻는 게 없었기 때문이다.

해령이 혀를 내둘렀다.

"문주님은 참 욕심도 많으시군요."

"그렇지 않으면 이렇게까지 하지도 못했겠지."

"하긴 그렇긴 하겠네요. 정보는 어떤가요?"

"정보라, 어떤 걸 말하는 거요?"

"북사도련이 투신문과 동맹을 맺는 대가로 정보를 제공

해 드리는 거예요. 우리 정보망이 얼마나 뛰어난지는 이미 경험해 보셔서 알고 있으실 텐데요?"

실제로 혜령은 백운상단이 투신문의 돈을 노린다고 미리 경고해 준 전적이 있었다.

연무흔은 피식 웃으며 답했다.

"그건 북사도련만의 정보력이 아니지 않소?"

"……!"

"북사도련의 정보력의 근원은 하오문이지. 그리고 하오문은 문파를 가리지 않고 많은 곳들과 거래를 하고 있고. 그런데 그런 하오문의 정보력을 마치 자기들 것처럼 포장하는 건 그리 바람직해 보이진 않는데."

"거래도 거래 나름이지요. 하오문과 저희의 관계는 무척이나 끈끈해요. 남사도련보다 훨씬 더."

"그건 바로 믿을 수가 없겠는데. 증거가 없지 않소?"

"없지요. 하지만 시간이 지나면 알 수 있으실 거예요."

"결국 먼저 동맹을 맺고 지켜보자는 이야기군."

연무흔은 진지한 표정으로 말을 이었다.

"나는 북사도련을 적대하거나 일부러 비꼬려고 이런 말을 하는 게 아니오. 하지만 동맹이라는 건 서로가 얻는 것이 있어야 더 끈끈해지는 법이지."

그러니 너희들만이 내놓을 수 있는 걸 제시해라.

연무흔은 지금 그렇게 말하고 있었다.

'과연 힘만 강한 게 아니구나.'

혜령은 감탄했다.

투룡의 출신에 대해서는 온갖 추측이 나돌고 있지만, 그녀는 연무흔이 평범한 시골 마을의 나무꾼 출신이라는 걸 알고 있었다.

그런데 이렇게 한 조직의 수장으로서 빈틈없는 모습을 보여 주다니.

솔직히 놀라울 정도였다. 만약 협상 상대가 그녀가 아니었다면 박수라도 쳐 주었으리라.

'역시 탐나는 인재야.'

솔직히 북사도련으로 들어와 준다면 가장 좋겠지만…….

그렇지 못하면 역시 손이라도 잡는 게 옳았다.

그러니 혜령은 잠시 고민하다가 말했다.

"저희와 동맹을 맺으면 문주님은 세 가지 이득을 얻을 수 있으실 거예요."

"세 가지나?"

"첫 번째는 사람이에요."

혜령은 낭창한 목소리로 설명을 시작했다.

"비록 이번에 새로운 문도를 뽑긴 했으나 여전히 투신문의 문도는 적은 편이에요. 그러니 혹시라도 동시다발적으로 사건이 일어나면 대응하기는 힘든 편이죠. 하지만 우리 북사도련과 손을 잡는다면 필요할 때 지원을 해 드릴 수 있어요."

"그건 사람을 더 뽑으면 해결될 문제인데?"

"하지만 아직 안 뽑으셨잖아요?"

빙긋 미소 지으며 하는 말에 연무흔이 너털웃음을 터뜨렸다.

"그건 그렇군. 두 번째는 뭐요?"

"저희와 협력하면 귀주상인연합을 좀 더 키우실 수 있으실 거예요. 알다시피 북사도련의 영향력은 귀주에만 한정되어 있는 게 아니랍니다?"

그리고 귀주상인연합은 현재 투신문의 아래 있는 곳이었다.

즉, 연합의 이득이 곧 투신문의 이득이라는 소리였다.

연무흔은 고개를 끄덕였다.

"마지막은?"

"이건 투신문이라기 보단 문주님…… 그리고 문주님 휘하의 그 돌을 던지던 소년, 둘과 관련이 있는 이야기일 거예요."

"개인적인 이득이 될 거라는 말이오?"

"이득이 될지 경고가 될지는 모르는 일이지만요."

"대체 뭐길래?"

"역시 정보예요. 하지만 이건 아직 하오문도 모르고 남사도련도 모르고 우리 북사도련만이 아는 정보지요."

"하오문이 모르는 걸 북사도련이 알고 있다고?"

쉽사리 믿기지 않았지만 혜령의 눈은 진지했다.

"언젠가는 알아낼 수도 있겠죠. 하지만 아직은 아닐 거예요. 이건 북사도련주께서 직접 알아내신 정보니까."

"그게 뭐요?"

"그 전에 동맹에 대한 답을 듣고 싶어요."

"공짜로 알려 주진 않겠다는 거군."

연무흔은 피식 웃으며 답했다.

"동맹은 성사되었소. 우리 투신문의 적은 북사도련의 적이 될 것이고, 북사도련의 적은 마찬가지로 투신문의 적이 될 것이오. 그리고 투신문은 북사도련이 요청하면 정도(正道)를 해치지 않는 선에서 얼마든지 도움의 손을 내밀 것이오."

"우리 북사도련도 마찬가지로 투신문이 도움을 필요로 할 때 외면하지 않을 거예요. 또한 이 동맹을 통해 서로의 이익을 극대화하도록 노력할 것이고요."

"각서를 두 장 쓰도록 하지. 하나는 우리 투신문에서 보관할 것이고, 한 장은 가져가시오."

"시원시원하셔서 좋군요."

연무흔은 대화 내용을 정리한 각서를 작성한 후 손가락을 깨물어 지장(指章)을 찍었다.

혜령도 마찬가지로 작게 상처를 낸 다음 지장을 찍어 계약이 성립되었다.

"이로써 우리는 동맹 관계가 되었군요. 잘 부탁드려요, 문주님."

"나야말로."

"이렇게 시원하게 받아들이시다니 세 번째 조건이 정말 궁금하셨나 봐요?"

"꼭 그런 건 아니오. 사실 두 번째 조건까지 듣고 동맹을 결심했으니까. 다만 마지막이 궁금한 것도 사실이지. 그래서 대체 뭐요?"

자신과 돌을 던지는 소년, 즉, 소진호에 대한 이야기라.

'분명 패왕과 관련이 있는 이야기겠지.'

지금 귀주에 있는 거대 세력은 그가 어느 정도 패왕과 연관이 있다는 걸 알고 있었으니 말이다.

게다가 소진호는 대놓고 벽력유성탄의 계승자였다.

그러니 가장 가능성 높은 건 패왕에 대한 이야기가 될 수밖에 없었다.

'물론 투신문에는 패왕성과 관련된 문도들이 더 있지만.'

눈앞의 혜령은 아직 그 사실을 알지 못했다. 그러니 두 사람만을 이야기한 것일 터.

연무흔은 조용히 혜령의 답을 기다렸다. 그녀의 입이 열리는 데까지는 그리 오래 걸리지 않았다.

"일월신교(日月神教)에서 패왕성의 후예들을 모으고 있다고 해요."

"……!"

이야기를 들은 연무흔의 인상이 찌푸려졌다.

일월신교.

또는 명교(明教)라고도 불리는 곳.

그곳은 옛 패왕성이 위치한 광동에 자리 잡은 종교 집단이자 현 강호에 존재하는 가장 거대한 세력이었다.

또 저 신강의 성화교(聖火教)와 함께 쌍교(雙教)라 불리며 두려움을 사고 있는 곳이기도 했다.

"그곳에서 왜?"

"그것까지는 모르지요. 하지만 련주님의 말씀으론, 그들이 패왕성의 후예들을 모아 새로운 패왕성을 재건하려는 것 같다고 하셨어요."

"흐음."

"그리고 문주님과 그 소녀은…… 그쪽과 관련이 있잖아요? 그러니 어쩌면 명교 측에서 눈독을 들일지도 몰라요."

연무흔이 고개를 끄덕였다.

그 추측은 무척 합리적이었으니까.

'아직 내가 패왕의 무공을 직접 이었다는 사실은 모르는 것 같지만.'

그래도 소진호의 존재만으로도 명교와 엮일 가능성은 충분했다.

게다가 훗날 곽향, 장홍동이 무슨 무공을 사용하는지 알려진다면 더욱 그럴 테고.

'재미있군.'

설마 이 시대에 그 말고도 패왕성을 부활시킬 시도를 하는 녀석들이 있었을 줄이야?

솔직히 생각도 못 했지만, 짜증보다는 흥미가 먼저 생겼다.

'일월신교 녀석들은 도대체 왜 이런 시도를 하는 거지?'

단순히 막강했던 패왕성의 전력이 탐이 나서?

그게 아니라면 뭔가 다른 이유가 있어서?

'패왕성의 후예들을 모아 봤자 내가 없으면 속이 빈 강정이나 다름없을 텐데 말이지.'

패왕성의 핵심은 누가 뭐래도 패왕 그 자체였으니 말이다.

일월신교가 그걸 모를 리가 없을 터.

그렇다는 건 놈들이 자신의 무공을 소유했단 말인가?

'한번 확인해 볼 가치는 있겠어.'

물론 아닐 가능성이 더 크지만 말이다.

북사도련 측에서 뭔가 오해했을 가능성 또한 있었고.

하지만 만에 하나.

정말로 놈들이 패왕성을 부활시키고 새로운 패왕을 세우려고 하는 것이라면…….

'알려 줘야겠지.'

하늘 아래 두 명의 패왕이 있을 수는 없다는 걸 말이다.

연무흔의 입에 난폭한 미소가 걸렸다.

투신문과 북사도련의 동맹은 빠르게 공표되었다.

당연히 귀주 지역은 한바탕 소란이 일었다.

안 그래도 강력한 두 곳인데 서로 힘을 합친다니, 그렇게 된다면 균형이 무너지기 때문이었다.

특히 무림맹과 남사도련이 난리를 쳐 댔다.

"안 그래도 상대하기 힘든 놈들이 동맹이라니!"

"제기랄. 그 망할 연놈들이!"

하지만 욕하는 것 이외에 그들이 할 수 있는 건 없었다.

둘이 동맹을 맺겠다는데 뭘 어쩌겠는가?

대응법은 무림맹과 남사도련도 힘을 합치는 건데, 그러기에는 두 세력 간에 많은 불화와 갈등이 있었다. 본진을 떼놓고 귀주 지부끼리만 한정하고 생각해도 말이다.

한편, 거대 세력이 아닌 귀주 지역의 중소 규모 문파들은 욕을 하는 대신 재빠르게 행동했다.

"이제 대세는 기울었다!"

"북사도련과 협력하면 투신문의 고질적인 문제인 인력 문제가 해결되었다는 것. 더 이상 눈치를 볼 필요는 없겠어."

"투신문과 어떻게든 협력해서 친분을 만들어야 한다. 선물을 준비해!"

안 그래도 귀주현가를 고꾸라뜨려 귀주의 최강 문파가 된 투신문이었다.

한데 이제는 거대 세력인 북사도련과 동맹까지 체결했다.

둘이 원래 친했다고 하지만 그냥 친분이 있는 것과 정식으로 동맹을 맺었다는 건 아주 큰 차이가 있는 법.

그러니 이제는 귀주가 완전히 투신문의 영역이 되었다고 봐도 무방한 것이다. 작은 문파들 입장에서는 그들과 친하게 지내지 않을 이유가 없었다.

"혹시라도 남사도련의 위협을 받아 적극적으로 나서지 못하는 문파들도 있을 수 있다. 소 총관."

"예, 문주님."

"북사도련과 협력해서 그들에게 보호를 약속하도록. 그리고 혹시라도 접전이 일어날 것 같은 곳은 문도를 파견해서 지키도록 하게."

"문주님의 명을 받듭니다."

연무흔은 그런 흐름에 완전히 올라탔다.

물 들어오자 노를 젓듯 그는 순식간에 밑으로 들어오길 원하는 문파들을 장악했다.

혹시 위험한 곳은 보호를 약속한 것은 물론이었다.

"이젠 정말 귀주의 지배자라고 자칭해도 되겠어."

연무흔이 피식 웃으며 중얼거렸다.

각종 이권을 손에 넣은 것은 물론, 이제 이곳의 무력과 지지도 받아 냈으니 말이다.

지금 투신문의 지배력은 오히려 다른 거대 세력과 견제 관계이던 귀주현가의 것보다 훨씬 더 견고했다.

'슬슬 다른 지역으로 진출해도 되겠군.'

하나 연무흔은 귀주 하나만으로 만족할 생각이 전혀 없었다.

당연했다.

그의 목표는 전생의 패왕이 이룩한 위치에 다시 올라 기억을 되찾는 것.

그러기 위해선 귀주뿐만이 아니라 중원 전체가 그의 영향력 아래 있어야 했다. 직접적이든 간접적이든 다른 곳에 손을 뻗어야 한다는 소리였다.

'쉽지는 않겠지.'

귀주 무림은 중원 무림을 기준으로 볼 때 상당히 외진 곳에 있고 전체적인 전력도 떨어지는 곳이었으니 말이다.

이곳을 손쉽게 손에 넣었다고 다른 곳도 쉽게 얻을 수 있다는 보장은 없었다.

아니, 지금보다 몇 배는 더 힘들 것이다.

그렇다고 포기할 것인가?

'절대 아니지.'

어려울 거라고 지레 겁을 집어먹고 도망치는 건 패왕의

방식이 아니었다. 그는 앞에 뭐가 있든 간에 이겨 내고 나아갈 것이다.

'그리고 외부로 나가는 그 첫걸음은…….'

연무흔은 씨익 웃으며 들고 있던 초대장을 바라보았다.

자신의 외조부, 무극검제의 생일잔치.

투신문의 외부 진출은 그곳에서부터 시작되리라.

물론 곧바로 생일잔치에 참여하기 위해 출발한 건 아니었다.

아직 잔치일까지는 시간이 좀 남아 있었으니까.

연무흔은 우선 귀주 지역을 안정화하는 데 전력을 다했다.

아무리 대세가 기울었다고 해도 아직 그들이 귀주 지역을 차지한 건 얼마 지나지 않은 시점이기 때문이다.

할 수 있는 한 최대한 공을 들여야 했다.

'솔직히 좀 불안하긴 하군.'

자신이 자리를 비웠을 때 혹시 무슨 일이 생길 수도 있었으니 말이다.

현 투신문의 적, 혈천교는 그리 만만한 존재들이 아니었다.

게다가 살막과 남사도련, 그리고 녹림도 호시탐탐 투신

문을 노리고 있었다. 그런 걸 생각해 보면 생일잔치에 참석하러 간다는 것 자체가 쉬운 결정이 아니었다.

하지만.

'언제까지고 내가 모든 것을 다 해 줄 수는 없지.'

자신이 혼자 감당하는 게 가능하고 불가능하고의 문제가 아니라, 문도들이 자신만을 바라보면 나중에 그들에게 문제가 되었다.

그러니 최대한 자신이 없을 때 일하는 경험을 쌓게 해 줘야 했다. 그렇지 않으면 평생 자신만을 의지하게 될 테니까.

게다가 이제는 새로 뽑은 문도들과 북사도련의 지원이 있지 않은가?

그가 자리를 비워도 충분히 대처해 낼 수 있다는 계산이 나왔다.

그러니까…….

"다녀오겠다."

연무흔은 그 말만을 남기고 하남을 향해 출발했다.

수행원이라고는 오직 장홍동 한 사람만을 대동한 채였다.

며칠 뒤.

하남으로 가는 길.

말을 몰고 가던 장홍동이 조심스레 물었다.

"주군, 혹시 이번 하남행에 저를 선택하신 이유가 있으십니까?"

그의 표정은 어딘가 불안해 보였다.

이유를 알 수 없으니 그런 것이겠지.

연무흔은 그저 피식 웃으며 장난스레 물었다.

"반대로 묻겠다. 너를 선택하지 않을 이유가 뭐가 있겠느냐?"

"그건…… 저는 주군께서 진호나 혹은 곽 호법님과 함께 가시지 않을까 생각했습니다."

나름 합리적인 생각이었다.

진호는 연무흔이 무척이나 아끼는 아이였고, 곽 호법은 연무흔을 제외하면 투신문 최고의 전력이었으니까.

둘 중 누구든 일행으로는 안성맞춤인 것이다.

하지만 연무흔은 고개를 저었다.

"둘 다 지금은 바쁘지 않느냐. 진호는 최근 소 총관과 함께 신입 문도들을 이끌고 있고, 곽 호법은 혹시나 무슨 문제가 생기면 바로 대처해야 하니까."

물론 이것은 핑계에 가까웠다.

그거야 다른 사람들이 해도 되고, 만약 연무흔이 제안했다면 두 사람은 곧바로 자신이 맡은 일을 잠시 내려 두고 하남행에 참여했으리라.

하지만 연무흔은 그러지 않았다.

솔직히 이번 하남행은 장홍동이 안성맞춤이라고 생각했기 때문이다.

"제가 하남 태생이기 때문입니까?"

"그래."

연무흔은 순순히 인정했다.

장홍동은 이제야 모든 걸 알겠다는 표정을 지었다. 그는 가볍게 한숨을 내쉬며 말했다.

"주군께서는 주인이 사라진 제 가문을 집어삼키려고 하시는군요."

"정확히 보았다."

장홍동이 태어난 가문인 장씨세가.

그곳은 하남에 자리를 잡은 정파 문파로, 얼마 전에 있었던 마공 사건으로 인해 몰락한 곳이었다.

'하지만 몰락했을 뿐, 완전히 사라진 건 아니지.'

지금은 장씨 성을 이은 방계들을 주축으로 겨우 가문의 명맥을 유지하고 있다고 했다.

그런데 아무리 서자라지만 전 가주의 핏줄인 장홍동이 나타난다면?

잘하면 장씨세가를 집어삼킬 수 있다고 보았다.

그렇다면 그곳은 투신문과 하남을 이어 주는 교두보가

되어 주리라.

"아마도 그들은 저를 인정하지 않을 겁니다."

"네가 서자라서?"

"그것도 있지만 자기들이 일단 권력을 잡지 않았습니까. 아무리 망한 가문이라고 해도 한번 잡은 권력을 제게 양보하고 싶진 않겠지요."

확실히 그게 인간이라는 사람의 생리였다.

하지만 연무흔 또한 그걸 몰라서 이런 제안을 한 건 아니었다.

"물론 그렇겠지. 하지만 네가 가문의 정통성을 제대로 이었다는 걸 증명하면 어떨까?"

"그게 무슨……."

"너도 알다시피 네 구음천수결은 완벽하지 않다. 실력을 말하는 게 아니라, 무공의 완성도 측면에서."

"……!"

장홍동이 놀란 눈빛을 지었다.

그걸 어떻게 알았냐는 표정이었다.

"아마도 대가 지나고 시간이 흐르면서 구음진결과 구음천수결의 계승이 조금씩 덜된 것이겠지. 장씨세가 사람들은 그 빈자리를 메우려고 노력하다가 결국 마공에 손을 댄 것이고."

뻔한 이야기지만 충분히 가능성 높은 이야기기도 했다.

"주군, 설마……."

"그래. 나는 네 구음진결과 구음천수결을 완벽히 전수해 줄 수 있다. 이거라면 네가 가문을 상악하는 데 도움이 되겠지."

"어, 어떻게 그걸?"

"나 또한 구음신녀 장예화와 인연이 있다고만 말해 두지."

더 깊게 설명해 봤자 믿지 않을 것이다.

수배 년 전의 패왕이 자신이라고 해 봤자 농담처럼 들릴 테니까.

다만 그가 구음진결과 구음천수결에 대해 아는 건 사실이었다. 애초에 장예화가 그걸 만들 때 도움을 준 사람이 비로 패왕이었기 때문이다.

"홍동, 선택은 네 몫이다. 만약 네가 가문에 돌아가는 게 고통스럽거나 싫다면, 나는 네게 그걸 강요하지 않을 생각이다."

"……."

"아, 물론 그 경우에도 구음진결과 구음천수결은 제대로 전수해 주마. 내 이름을 걸고 약속하지."

어차피 문파의 전력 향상을 위해선 언젠가 가르쳐 줄 생각이었으니 말이다.

장홍동이 고뇌하는 표정을 지었다.

하지만 그것도 잠시.

"받아들이겠습니다."

장홍동은 무언가 결심한 표정으로 단호하게 말을 이었다.

"따지고 보면 가문에 돌아가기 무서워한 것도 저를 괴롭히던 사람들이 생각나서였지요. 하지만 그들은 이제 없습니다."

"그렇지."

마공을 사용한 대가로 전부 목숨을 잃었기 때문이다.

가문에 남아 있던 마공 사용자들도 그쪽 무림맹이 알아서 잘 처리한 것 같았고.

"그리고 이미 주군께 한 번 빚을 진 목숨입니다. 주군께 도움이 된다면 가문을 장악하는 일쯤이야 얼마든지 할 수 있습니다."

그가 눈을 빛냈다.

연무흔은 희미한 미소를 지었다. 저게 단순히 자신에게 아부를 하기 위해서 하는 말이 아니라 진심이라는 게 느껴졌기 때문이다.

"그렇다면 오늘부터 즉시 구음진결에 대해 전수해 주도록 하겠다."

"……!"

"구음천수결은 구음진결을 완전히 익힌 다음 시작하도록 하지. 우선은……."

연무흔은 그렇게 말하다 말고 어딘가를 바라보았다.

“교습은 잠시 미뤄 두도록 하지.”

“주군?”

“저 앞에서 누군가 싸우고 있다.”

“……!”

그들은 즉시 말을 몰아 앞으로 향했다.

과연 얼마 가지 않아 수십 명쯤 되는 녹림도들이 두 명의 여행객을 둘러싸고 위협하고 있었다.

“제기랄! 도련님! 도망치십시오!”

녹림도로 추정되는 이와 검을 부딪치며 힘 싸움을 하고 있던 중년의 사내가 소리를 질렀다.

연무흔의 눈이 가늘어졌다.

그들의 가슴팍에 새겨진 제갈(諸葛)이라는 글자가 눈에 띄었기 때문이다.

‘제갈세가인가.’

“부채주님, 새로운 놈들이 나타났습니다.”

“뭣? 적의 증원인가?”

“아닙니다. 그냥 길을 지나가던 행인인 것 같습니다.”

“죽여라. 목격자가 남으면 안 된다.”

연무흔이 그렇게 생각할 때였다.

바깥쪽에 있던 녹림도들이 연무흔과 장홍동을 향해 덤벼들었다.

갑작스러운 기습이었지만 연무흔은 당황하지 않았다.

그는 그저 검을 뽑아 달려드는 산적들을 향해 언월도를 휘두를 뿐이었다.

좌학!

"컥!"

녹림도 하나가 비명과 함께 반으로 갈라져 쓰러졌다.

퍽!

"쿨럭!"

동시에 다른 하나는 장홍동이 내지른 장법에 맞고 피를 토했다.

전장의 시선이 잠시 연무흔과 장홍동에게 집중되었다.

연무흔은 언월도를 늘어뜨리곤 녹림도들을 향해 물었다.

"처음 보는 사람한테 대뜸 칼질을 하는 건 어디서 배워 먹은 버릇이지?"

"제기랄, 고수다! 쳐라!"

하지만 들려오는 대답은 그런 것이었다.

연무흔이 가볍게 한숨을 내쉬며 투신기를 끌어올렸다.

서걱!

가장 가까이에 있던 산적의 목이 떨어졌다.

훈련을 꽤 잘 받았는지 다른 녹림도들은 동료가 죽는 모습을 보고도 공격을 이어 나갔지만 그들의 검은 닿지 못했다.

그대로 내지른 일장(一掌)이 날아드는 검을 아예 박살 내 버리고 검을 내지른 산적의 가슴이 움푹 들어가게 했기 때문이다.

순식간에 심장이 산산조각 난 녹림도 하나가 피를 토했다.

"끄윽!"

"컥!"

거기에 옆에서 장홍동이 열심히 조법을 펼쳐 나머지를 견제하기까지.

쾅!

연무흔은 그가 잘 싸우는 걸 확인한 즉시 앞으로 뛰쳐나가며 언월도를 휘둘렀다.

당황한 산적들이 덤벼들었지만 한 번 휘두를 때마다 한 명의 목이 날아갔다. 순식간에 네다섯 명의 목숨이 스러지자, 당황한 산적들의 우두미리가 소리쳤다.

"저, 저건 또 뭐냐!"

그는 당황할 수밖에 없었다.

갑자기 등장한 고수의 전력이 생각보다도 더 뛰어났기 때문이다.

하지만 이대로 가만히 지켜볼 수만은 없는 법.

"내가 놈을 막을 테니 틈이 보이면 놈을 죽여라!"

녹림도들의 우두머리는 그렇게 말하며 전장에 난입했다.

그는 가시가 박힌 거대한 몽둥이를 들어 올리며 소리쳤다.

"네놈은 정체가 뭐냐!? 나는 녹림십팔채의……."

"관심 없다."

연무흔은 그대로 언월도를 휘둘러 우두머리의 목을 노렸다.

쾅!

과연 우두머리는 우두머리라 이걸까?

다른 녹림도들은 일격에 반으로 갈라진 공격을 그는 막아 냈다.

하지만 우두머리의 표정은 좋지 않았다.

손아귀에서부터 줄줄 흘러나오는 피는 상대의 공격이 얼마나 묵직한지 말해 주고 있었으니까.

그는 상대의 정체를 짐작한 듯 이를 갈며 소리쳤다.

"언월도를 쓰는 어린 고수…… 네놈! 투룡이구나!"

"……!"

우두머리의 말에 전장에 있는 모두가 놀라 연무흔을 바라보았다.

투룡 연무흔,

그 이름은 요즘 귀주뿐만이 아니라 강호 무림에서 가장 화제가 되는 이름이기도 했기 때문이다.

특히 녹림에게 있어 그는 철천지원수였다.

우두머리의 눈에 불이 붙었다.

"좋다. 제대로 상대해 주마!"

우두머리는 그렇게 말하고 자신의 몽둥이를 치켜들었다.

동시에 그곳에 담기는 건 무시무시한 거력이었다.

우두머리의 입에 잔혹한 미소가 담겼다. 그에겐 상대가 아무리 유명한 두룡이라도 으깨 버릴 자신이 있었기 때문이다.

“나는 녹림십팔채 중 맹호채의 부채주인 전소광…….”

그 말이 끝나기도 전이었다.

뿌드드득!

살과 뼈가 으스러지는 소리와 함께 전소광의 몸체가 대각선으로 갈라졌다.

전소광은 순간 믿을 수 없다는 눈빛을 지었다.

무겁고 둔중한 언월도를 든 주제에 대체 이게 무슨 속도란 말인가?

하지만 그의 생각은 더 이어지지 못했다.

쿵!

그대로 절명한 전소광이 뒤로 넘어지며 눈을 감았기 때문이다.

“…….”

전장에는 침묵만이 감돌았다.

모두가 믿기지 않는 표정으로 연무흔을 바라보았다.

특히 살아남은 녹림도들은 거의 저승사자를 보는 듯한 표정을 짓고 있었다.

연무흔은 그들을 보며 피식 웃으며 말했다.

“뭐 해?”

쿵!

언월도를 땅에 내리찍자 거대한 기파가 사방으로 터져 나갔다.

"꿇어."

"……!"

5장

연무흔의 위용에 압도당한 녹림도들이 얼떨결에 무릎을 꿇었다.

하지만 그 와중에도 도망가기 위해 움직인 이들이 있었다.

그들은 경공술까지 펼치며 자리를 벗어나려고 했지만.

콰득!

"……!"

그리 멀리 가지는 못했다.

연무흔이 주변에 있는 돌을 던져서 그들의 머리를 박살 냈기 때문이었다.

비록 벽력유성탄을 전문적으로 연마하지는 않았지만 그의 투석 실력은 소진호와 크게 차이 나지 않았다.

결국 살아남은 것이라고는 열 명 남짓한 소수의 산적들뿐.

'다 함께 사방으로 도망쳤다면 몇 명은 도망칠 수 있었

을 텐데.'

처음 무릎을 꿇은 녹림도들이 있어 도망치는 놈들을 죽이기 수월했다.

연무흔은 그들을 향해 천천히 다가갔다.

공포에 질린 녹림도들이 몸을 마구 떨었다.

"가, 감사합니다. 투룡 소협. 구명지은(救命之恩)을 입었군요."

그때 연무흔의 곁에 습격을 당하고 있던 두 사람이 와서 조심스럽게 포권을 취했다.

연무흔은 녹림도들을 보다 말고 그들을 돌아보았다.

"제갈세가에서 오신 분들이시오?"

"예. 저는 제갈상이라고 합니다. 이쪽은 제 호위를 맡아주신 호정대주님이시고요."

"여기서 제갈세가의 지룡(智龍)을 보게 될 줄은 몰랐군."

연무흔이 나지막이 중얼거렸다.

지룡 제갈상.

그는 세간에서 자신과 같은 용(龍)이라는 별호를 받은 후기지수로서 총명하다고 소문이 난 인물이었다.

또 그는 제갈세가의 후계자이기도 했다.

한데 그런 사람이 이렇게 자신과 같은 길을 가고 있다는 건…….

"하남으로 가시나 보군. 아마 무극검제님의 생신 잔치에 참여하려는 것일 테고."

"예. 혹시 두룡 소협께서도?"

"그렇소. 한데 이렇게 산적들을 만날 줄은 몰랐지만."

연무흔은 그렇게 말하며 무릎 꿇고 있는 녹림도들을 바라보았다.

그의 시선에 녹림도들이 벌벌 떨었다.

조금이라도 심기를 거스르면 주변에 죽어 있는 시체들과 같은 꼴이 될 것 같아서였다.

"이곳은 무극검문의 영역이라 녹림은 없다고 들었는데."

게다가 아까 듣기로 상대는 십팔채의 부채주라고 들었다.

십팔채 중 가장 가까운 곳도 이쪽과 상당히 떨어져 있는 곳이었다. 한데 이렇게 녹림이 나오니 솔직히 좀 이상했다.

"두 분께선 혹시 어떤 연유로 이들이 여기 온 건지 아시오?"

"저희도 잘 알지 못합니다. 아는 거라곤 이들이 갑자기 나타나 습격했다는 것뿐이라……."

호정대주라고 소개받은 중년의 남성이 자신들도 당혹스럽다는 듯 대답했다.

연무흔의 미간이 찌푸려졌다. 그는 언월도를 들어 올리고 산적의 목에 가져다 대며 물었다.

"지금 우리가 한 대화는 들었겠지."

"예, 예!"

"어째서 너희들은 이곳에 있는 거냐? 제갈세가에 무슨 원한이라도 있는 거냐?"

자기네 산채에서 한참 떨어진 곳에서 산적질을 벌인다면 응당 무슨 이유가 있을 것이다.

하지만…….

"그, 그건 부채주님만 알고 계셔서……."

목에 칼날이 들이밀어진 산적 하나가 우물쭈물하며 대답했다.

공포에 질려 말하는 걸 보니 거짓을 말하는 것 같지는 않았다.

"다른 놈들 중 아는 녀석은 없나? 만약 제대로 된 정보를 제공한다면 여기서 풀어 주마."

"……."

살려 준다는 미끼까지 던졌지만 대답하는 이는 없었다. 모두 서로 아냐는 듯 눈치를 보았을 뿐.

"쯧."

쓸모가 없는 녀석들이다.

연무흔이 이들을 어떻게 처리할까 고민할 때였다.

다그닥! 다그닥!

멀리서부터 말발굽 소리가 들려왔다.

네 사람은 곧장 전투태세를 갖추며 말발굽 소리가 난 곳을 향해 고개를 돌렸다.

그곳에는 질 좋은 무복을 차려입은 열댓 명의 무인들이 말을 타고 달려오고 있었다.

그들은 참혹한 주변의 모습을 보고는 눈을 크게 뜨고 말에서 내렸다.

가장 선두에 있던 사내가 공손하게 포권하며 물었다.

"저는 무극검문에서 나온 온후라고 합니다. 이곳에서 강렬한 기파가 터져 나온 걸 느끼고 달려왔지요. 실례지만 여기서 무슨 일이 벌어졌는지 말씀해 주실 수 있습니까?"

"녹림의 습격이 있었소."

"……!"

연무흔은 자신이 겪은 일을 짤막하게 설명해 주었다.

거기에 그가 오기 전에 있었던 일은 제갈세가 일행이 설명해 주니 온후의 얼굴에는 경악이 서렸다.

"이곳에 녹림도들 따위가 진을 치고 있었다니……."

"평소에 이쪽 방면의 관리가 잘 안 되시나 보오."

"그, 그렇진 않습니다. 본 문에선 주기적으로 주변에 있는 도적 떼를 청소하는 편입니다. 특히 요즘은 중원 곳곳에서 여러 손님이 오시는 만큼 이렇게 검문에서 떨어진 곳까지 나와서 순찰을 돌고 있었고요."

변명하듯 말하던 온후가 이내 한숨을 내쉬었다.

"이번 일은 조사를 좀 더 해 봐야겠군요. 어쨌든 본 문에 오시는 길에 이런 일을 겪게 하여 사죄드리겠습니다."

자기들의 잘못을 굳이 인정할 필요는 없을 텐데도 깔끔한 사과였다.

"대신이라고 하기는 뭐하지만 이곳부터 검문까지는 저희가 호위를 맡아 모시도록 하지요. 제갈세가분들은 아까 소개를 들었는데, 혹 소협의 성함을 알 수 있겠습니까?"

"연무흔이라고 하오. 이쪽은 내 문파원인 장홍동이고."

"여, 연무흔이라면 투룡?!"

온후의 얼굴에 당황이 서렸다. 연무흔이 침착한 목소리로 물었다.

"문제 있소?"

"아, 아니요. 요즘 강호에 명성이 자자하신 분을 뵙게 되어 잠시 놀란 것뿐입니다."

물론 무극검문에 소속된 사람이 그런 이유 때문에 저렇게 반응하진 않을 것이다.

연무흔은 묘한 표정을 지었다.

아무래도 저쪽은 자신과 무극검제의 관계를 알고 있는 것 같아서였다.

제갈상도 뭔가 위화감을 느낀 건지 묘한 표정을 지었다.

'투룡 소협과 무극검문은 뭔가 연관성이 있는 건가?'

그냥 강호에서 떨치는 위명만으로는 저런 반응이 나오지 않을 텐데 말이다. 하지만 그는 생각만 할 뿐 티 내거나 더 파고들진 않았다.

자신의 목숨을 구해 준 은인의 사정을 굳이 파헤칠 필요는 없었기 때문이다.

"그렇다면 이제부터 편하게 모시도록 하겠습니다. 저를 따라와 주시지요."

온후는 자신과 수하들의 말까지 양보하곤 그들을 안내하기 시작했다.

그렇게 며칠 뒤.

그들은 무극검문이 위치한 개봉에 도착할 수 있었다.

개봉은 이미 사람으로 꽉 차 있었다.

그 인원의 대부분은 무극검제의 생일잔치에 참여하기 위한 무림인들과, 그들을 대상으로 장사를 하려는 상인들이었다.

당연히 숙소는 이미 다 차고 남은 건 거의 없는 상황.

하지만 굳이 없는 숙소를 찾아 헤맬 필요는 없었다. 온후가 곧장 무극검문의 빈 귀빈실을 내주었기 때문이다.

"초대장을 받으신 분들을 밖에 머무르게 할 수는 없지요. 이곳에서 필요한 게 있으시다면 시비에게 말씀해 주시고, 부디 편히 지내 주십시오."

그는 그렇게 말하곤 함께 잡아 온 녹림도들을 처리해야

한다며 사라졌다.

연무흔은 짐을 풀고 시비들에게 가볍게 요깃거리를 부탁했다. 하지만 명을 받고 나간 시비 대신 돌아온 건 강렬한 기세를 풍기는 사내였다.

"오랜만에 뵙습니다, 투신문주님."

그 정체는 이전에 연무흔과 몇 번 마주친 삿갓 사내, 검량이었다.

연무흔은 고개를 끄덕이며 그에게 인사했다.

"오랜만에 뵙소. 한데 그대가 어쩐 일이시오?"

"주군께서 투신문주님을 데려오라 명하셔서요. 혹시 괜찮다면 지금 함께 가 주실 수 있겠습니까?"

"……!"

그 제안에 당황한 건 제갈상과 호정대주였다.

설마 그 무극검제 독고령이 이렇게 독대를 요청하다니?

어지간한 중견 문파의 주인들도 쉽게 만나 보지 못하는 게 바로 무극검제라는 인물이었다.

한데 그가 직접 데려오라고 명하다니…….

'생각보다도 투룡 소협과 무극검문의 관계가 깊을 수도 있겠구나.'

제갈상은 그런 생각을 하며 연무흔을 바라보았다.

한편 연무흔 또한 검량을 보며 피식 웃었다.

'몰래 전해도 될 말을 이렇게 제갈세가 사람들 앞에서

하다니.'

자칫하면 그들의 관계가 들킬 수도 있는데 말이다.

설마 검량쯤 되는 인물이 실수로 저럴 리는 없으니, 아마도 이건 의도한 일일 것이다.

그렇다면 일단 장단에 맞춰 주는 게 나을 터.

"가도록 하지."

"예. 모시겠습니다."

연무흔은 함께 온 세 사람을 남겨 두고 어딘가로 향했다.

으리으리한 건물 몇 개를 지나자 화려한 전각 하나가 나왔다. 그곳의 입구를 지키고 있는 무인 둘이 검량에게 예를 취했다.

고개를 끄덕인 검량이 연무흔을 안으로 안내했다.

"드시지요."

"……."

연무흔은 안으로 들어가며 주변을 힐끔 살펴보았다.

곳곳에 배치되어 있는 무인들의 수준이 상당히 높았다.

저 실력으로 왜 경비나 하고 있는지 묻고 싶을 정도로.

하지만 이게 바로 무극검문의 저력일 것이다.

게다가 이곳은 문주가 거주하는 심층이니 경비가 더 삼엄한 것도 있을 거고.

그들은 곧 안쪽에 있던 응접실에 도착할 수 있었다.

"오오, 왔느냐?"

무극검제 독고령은 연무흔을 보고 활짝 웃었다.

연무흔 또한 그에게 빙그레 웃어 주었다. 그는 독고령에게 그다지 나쁜 감정을 가지고 있지 않았으니까.

"네가 언제 오나 목이 빠져라 기다리고 있었단다. 앉거라."

연무흔은 고개를 끄덕이고 자리에 앉았다.

독고령은 손수 그에게 뜨거운 김이 나는 차를 따라 주었다. 한데 독고령의 표정이 좀 이상했다.

"외조부님, 왜 그러십니까?"

"아니…… 이전에 만났을 때보다 실력이 훨씬 좋아진 것 같아서 말이다."

독고령이 살짝 당혹스러운 듯 말했다.

사실 훨씬 좋아졌다는 말도 겸손한 표현이었다.

처음 연무흔을 봤을 때 느낀 무공 수위와 지금 연무흔의 무공 수위는 정말 하늘과 땅 차이였으니까.

이 정도면 그의 직속 부하들 중 일부와도 그리 크게 차이 나지 않지 않을까?

"대단하구나. 대체 무슨 일이 있던 것이냐?"

"수련을 열심히 했지요. 덤으로 외조부님께서 주신 설삼과 비급도 많은 도움이 됐습니다."

연무흔은 그렇게 말하며 부드럽게 웃었다.

독고령은 잠시 무어라 말하려고 하다, 이내 허탈하게 웃음을 터뜨렸다.

'그래, 이유야 어쨌든 좋은 게 좋은 거지.'

그로선 손자의 성장이 기쁘기만 했다.

솔직히 설삼 좀 먹었다고 이 정도로 강해지는 건 말도 안 되지만…… 어쨌든 강해졌으니 된 것이다.

그는 대신 대화 주제를 돌렸다.

"그건 그렇고, 오면서 내게 선물을 준비해 주었다지?"

"선물이라니요?"

"녹림 말이다. 우리 무극검문이 놓치고 있던 녀석들을 네가 치워 주었으니, 그것이 선물이 아니겠느냐."

어떻게 보면 사실이기도 했다. 자칫하면 대형 사고로 이어질 걸 막아 준 것이니까.

연무흔이 진지한 표정으로 물었다.

"어떤 놈들이 배후인지는 들으셨습니까?"

"아직이란다. 살아남은 녹림도들을 한참 심문하고 있긴 하지만 아무래도 정말 아무것도 모르는 모양이야."

하긴 시키는 대로 일하는 말단이 그런 걸 알 턱이 없었다.

연무흔은 잠시 차를 마시며 독고령을 관찰했다.

"하지만 배후로 짐작 가는 곳은 있으신 모양이군요."

"눈치가 귀신같구나. 그럼 내가 누가 배후라고 생각했는지도 맞혀 보겠느냐?"

독고령이 장난스럽게 물었다.

사실 이건 그냥 던지는 말이고, 그는 곧바로 자신의 추측을 연무흔에게 말해 줄 생각이었다.

하지만.

독고령은 이어지는 말을 듣고 놀랄 수밖에 없었다.

"아마 수라권종이겠지요."

"……!"

"놈들이 아니면 그럴 만한 세력이 없으니 말입니다."

연무흔의 추측은, 자신이 생각했던 정답과 완전히 같았기 때문이었다.

"왜 그렇게 생각했느냐?"

독고령은 바로 티를 내지 않았다.

한번 시험해 보겠다는 듯 평정심을 유지하며 말했을 뿐.

그에 연무흔이 대수롭지 않게 대답했다.

"현재 무극검문과 대립하는 대표적인 세력이 바로 수라권종이기 때문입니다."

"하지만 그 정도로는 범인이라 추측하기가 좀 부족한데?"

"물론 그렇겠지요. 하지만 다른 후보들 중 녹림을 움직여 제갈세가를 치게 만들 수 있을 정도의 조건을 제시할 수 있는 놈들이 얼마나 되겠습니까?"

그러기 위해서는 우선 녹림에게 적당한 보상을 약속할 수 있어야 한다.

무극검문에 원한을 가졌으면서도, 녹림에게 그런 제안

을 할 수 있고, 또 제갈세가 사람들의 동향을 알아볼 수 있는 정보력을 가진 세력.

그런 건 수라권종뿐이었다. 다른 세력이라면 걸리면 손해만 볼 일에 굳이 분탕을 칠 이유가 없는 것이다.

"아마 제갈세가 측에서 호위를 한 명만 데리고 왔다는 걸 알고 정보를 흘린 것이겠지요. 만약 여기서 지룡이 납치되면 그 책임은 무극검문으로 돌아오게 되어 있으니까."

"흐음. 하지만 녹림이 그냥 벌인 일이었을 수도 있지 않느냐?"

"그들은 어지간해선 구파일방이나 오대세가 같은 거대 세력을 먼저 건드리지 않습니다. 설령 상대가 소수라고 해도 마찬가지지요."

왜냐하면 정파 세력은 녹림에게 그런 짓을 당했다는 소식을 들으면 눈이 뒤집히기 때문이었다.

제갈세가도 만약 지룡이 죽었다면 가문의 힘을 총동원해서 원수를 갚고 근처 녹림도들을 쓸어버렸을 테지.

녹림으로서는 하등 감수할 이유가 없는 위협이었다.

그들은 그냥 지나가는 약한 사람들만 털어먹고 살아도 잘 먹고 잘사는데 굳이 강자와 싸우려고 들 이유가 없는 것이다.

"내 생각 또한 같다. 아마 범인은 수라권종 그 빌어먹을 놈들이겠지."

독고령이 이를 뿌득 갈았다.

그는 살벌한 눈빛으로 말했다.

"사소한 증거라도 나온다면 어떻게 해 보겠다만, 아무것도 없으니 아쉽구나."

"어쩔 수 없는 일이지요. 다만 그래도 조기에 사건을 예방하지 않았습니까? 저들은 지금쯤 이를 갈고 있을 겁니다."

"흐하핫. 그렇지. 확실히 그럴 것이야."

독고령은 기분이 좋아진 듯 연무흔을 바라보았다.

이내 그의 표정이 진지해졌다.

"무흔아, 정말로 본 문에 돌아올 생각은 없느냐?"

"없습니다."

"정말 단호하구나. 그때보다도 더."

"책임질 사람이 많아졌으니까요. 이 책임을 다른 곳에 떠넘기거나 버리고 싶진 않습니다."

독고령이 고개를 끄덕였다.

"너는 이미 훌륭한 지도자구나. 그렇다면 어쩔 수 없지."

그는 찻물이 뜨겁지도 않은지 단번에 차를 입에 털어 넣으며 말했다.

"다만 그렇다고 해도 아무런 관계도 가지지 않으려는 건 좀 섭섭하구나. 흠, 이건 어떻겠느냐? 우리가 동맹을 맺는 거다."

"투신문과 무극검문이 말입니까?"

"그래."

독고령은 그렇게 말하며 설명을 시작했다.

"안 그래도 수하들과 이 문제에 대해 이전에 이야기를 해 본 적이 있단다. 그때는 동맹을 맺되 뭔가 주변에 보여 주기 위한 연극을 하려고 했지."

"연극이요?"

"그래. 당시의 우리가 그냥 동맹을 맺는다면 투신문이 본 문의 아래로 들어오는 것처럼 보였을 테니 말이다. 그래서 연극을 해서 뭔가 우리가 동등한 동맹을 맺을 만한 당위성을 만들려고 했다."

하긴 그건 그랬다.

투신문이 귀주 지역을 지배했다지만, 귀주는 무림 전체로 보면 그렇게 성세가 강하지 않은 곳.

반면에 무극검문은 몇 개의 성에 영향을 끼치는 거대 문파였다. 둘 사이의 덩치를 생각해 보면 그렇게 보일 수밖에 없었을 것이다.

"하지만 그때보다 너희도 크게 성장하지 않았느냐? 특히 북사도련과의 동맹이 유효했지. 그러니 쓸데없는 연극 같은 걸 할 필요는 없게 되었단다."

실제로 투신문에 대한 세간에서의 평가는 북사도련과의 동맹 이후 확 뛰었다.

귀주 지역에서야 원래 유명했지만 그 외의 지역에서는

북사도련의 이름값이 아직 훨씬 더 높았기 때문이었다.

그런데 그런 곳과 동등하게 동맹을 맺었다?

투신문이 어느 정도 격이 갖춰진 곳이라는 걸 증명하는 것이나 마찬가지였다.

"동맹이라……."

연무흔은 잠시 고민했다.

독고령은 그의 표정을 보고 살짝 불안한 표정을 지었다.

"마음에 들지 않느냐? 이제 우리랑 동맹을 맺는다 해도 너희가 우리에게 종속되었다는 생각을 하는 사람은 거의 없을 텐데? 아님 우리와 동맹을 맺으면서 생길 수라권종과의 갈등이 무서운 것이냐?"

"그런 문제가 아닙니다."

"그렇다면?"

"지금 투신문과 무극검문이 동맹을 맺게 되면 덩치가 너무 커지게 됩니다."

그렇다면 그들과 싸우려고 하는 이들의 숫자가 줄어들 것이다.

좋은 게 아니냐고?

나중이라면 모를까, 지금은 아니었다.

연무흔은 투신문의 활동 범위를 귀주 이외에 다른 지역으로 넓히려고 하고 있었으니까.

그러기 위해서는 명분이 있어야 했다.

즉, 상대 쪽에서 먼저 시비를 걸어오면 그걸 박살 내고 진입하는 게 가장 편하다는 소리였다.

"하하하!"

설명을 들은 독고령이 웃음을 터뜨렸다.

"너는 정말 투신문을 중원 제일의 문파로 만들려고 하고 있구나."

"예. 그러니 동맹은 맺는다 하더라도 비공식 동맹 정도로만 하면 좋을 것 같습니다."

연무흔은 자신의 뜻을 확실히 밝혔다.

독고령이 고개를 끄덕였다.

"내 손주가 그렇게 말하면 들어줘야지. 단, 그렇다면 너도 내 부탁 하나만 들어줄 수 있겠느냐?"

"부탁이요?"

"그래. 네가 만나 주었으면 하는 녀석이 있다."

"어떤 사람입니까?"

독고령이 장난스레 웃으며 말했다.

"네 친척이지."

이야기를 듣던 연무흔의 눈빛에 흥미가 생겼다.

좌학!

날카로운 검이 목각 인형을 두 동강 냈다.

그야말로 깔끔하고 날카로운 검격.

"……."

하지만 정작 검을 내지른 이는 만족스럽지 않다는 듯 잘린 목각 인형의 단면을 바라보았다.

분명 단면 자체는 깨끗했지만 그래도 완전히 균일하지는 않았기 때문이다.

'이대로는 부족해.'

청년은 그렇게 생각하며 한숨을 내쉬었다.

아직 무극신검의 극의에 닿을 때까진 한참 멀었다는 게 느껴졌기 때문이다.

물론 나이를 생각해 보면 지금 청년의 성취는 무척이나 뛰어난 것이었지만…….

그래도 부족했다. 청년은 평범한 신분을 가진 사람이 아니었기 때문이다.

청년의 이름은 독고광.

그는 무극검문을 이끄는 무극검제 독고령의 종손(從孫)이자 제일가는 기재였다.

또 언젠가는 이 무극검문을 이어받아 문주의 자리에 오를 사람이기도 했다.

'그런데 내가 겨우 이 정도로 만족할 수는 없어.'

독고광은 그렇게 생각하고 다시금 검을 치켜들었다.

하지만 그는 자신이 하던 일을 급하게 멈추고 예를 취할 수밖에 없었다.

"문주님을 뵙습니다."

"그래. 수련을 하고 있었던 것이냐?"

그가 단련을 하고 있던 연무장에 바로 무극검제 독고령이 나타났기 때문이다.

한데 그는 혼자가 아니었다.

독고령의 옆에는 독고광보다 조금 더 나이가 많이 보이는 청년 하나가 함께하고 있었다.

독고광의 눈에 의문이 서렸다.

지금 이 자리에서 독고령과 함께 올 청년이 누구인지 곧바로 떠오르지 않은 탓이었다.

"서로 인사하거라. 이쪽은 네 친척인 독고광이라고 한다. 내 아우의 손주인데 성실하고 좋은 아이지. 그리고 이쪽은……."

"연무흔이라고 한다."

"……!"

연무흔의 자기소개에 독고광의 얼굴에 경악이 서렸다.

투룡 연무흔.

그는 현 무림에서 가장 화젯거리인 인물이었다.

한데 그런 사람이 자신의 친척이라니?

"무, 문주님, 그 말씀은?"

"아, 너는 모르고 있었겠구나. 이 아이는 청이의 아들이란다."

"……!"

독고광의 얼굴에 또다시 놀라움이 떠올랐다.

독고청은 독고령의 하나밖에 없는 딸이자 자신이 세상에 태어나기도 전에 가문을 나갔다고 알려진 인물이었다.

본래 그녀의 혼인을 독고령이 반대해서 절연했다고 알려져 있었지만…….

'사실은 내부에 있을 수라권종의 배신자를 경계해서 스스로 나갔다고 했지.'

그 후로는 어떻게 된 건지 잘 모른다.

확실한 건 어떤 이유로 독고청과 그녀의 남편은 사망했다는 것뿐.

하지만 존재조차 몰랐던 그녀의 자식이 살아 있었다. 한데 그 정체가 최근 강호에 이름을 날리는 투룡이라니?

솔직히 놀라웠다. 아니, 놀라운 걸 넘어서 경악스러웠다.

'이렇게 되면 소문주의 자리가 저쪽에게 가는 것이 아닌가?'

그런 생각이 들었기 때문이었다.

독고광은 어린 시절 이후 평생을 무극검문의 후계자가 되기 위해 노력해 왔다.

한데 이제 와서 외부에 있던 친척에게 그 자리를 빼앗긴다고 생각하면…….

"머릿속이 복잡해 보이는 게 무슨 생각을 하는지 뻔히 보이는군."

그때였다.

연무흔이 피식 웃으며 그렇게 말한 건.

"걱정하지 않아도 좋다. 난 무극검문의 소문주 자리에는 관심이 없으니까."

"……!"

마치 자신의 머릿속을 꿰뚫어 본 것 같은 말에 독고광이 숨을 삼켰다.

"난 그저 외조부님께서 널 한번 만나 보라고 하셔서 따라 나온 것뿐이야. 그러니 너무 걱정하지 않아도 된다."

"……."

독고광은 고개를 돌려 독고령을 바라보았다.

마치 이 말이 정말이냐고 묻는 것 같았다.

"사실이다. 내 바람과는 조금 달랐지만 스스로 싫다고 하니 어쩔 수 없지."

독고령은 그런 연무흔의 말이 진짜라는 걸 알려 주었다. 존경하는 문주님의 말에 독고광이 충격받은 표정을 지었다.

"스스로 싫다고 했다고요? 소, 소문주 자리를 말입니까?"

"그래. 뭔가 이상한가?"

연무흔이 고개를 갸웃했다.

하지만 독고광은 크게 충격을 받았다.
그야 당연했다.
무극검문의 소문주 자리가 어떤 자리이던가?
검문에 소속된 젊은이라면, 아니, 이 강호에 있는 후기지수들이라면 누구나 탐을 내는 자리였다.
한데 그것을 제 발로 걷어찼다니?
"어, 어째서입니까? 검문 사람들의 텃세가 심할 것 같아서 그런 겁니까?"
"그럴 리가."
연무흔이 피식 웃었다.
"그냥 나는 내 힘으로 최고의 문파를 키워 내려는 것뿐이야. 이미 일을 벌여 놔서 그걸 내팽개칠 생각도 없고."
"……!"
돌아오는 대답 역시 충격적이었다.
자기 문파를 키우려고 소문주 자리를 걷어찼을 줄이야.
독고광은 그제야 상대가 투신문이라는 곳의 문주라는 사실을 기억해 냈다.
그곳이 최근 귀주를 평정했다는 소문도 같이 말이다.
'하지만 겨우 그 정도로 무극검문의 소문주 자리와 비교가 되나?'
자신이라면 하지 못할 선택이었다.
그렇게 생각하니 새삼 상대에게 존경심이 들었다.

왜 무극검제 독고령이 그를 자신에게 데려온 것인지 알 것 같았다.

소문주 자리를 노린다면 아마 저 사내처럼 큰 배포를 지니라는 말이겠지.

꽈악.

그렇게 생각하니 호승심이 생겨났다.

강호에 명성이 자자한 투룡.

자기 스스로의 힘만으로 일어나 문파를 저렇게까지 일구어 낸 인물은 대체 얼마나 강할까?

"투룡, 저와 대련을 해 주시지 않겠습니까?"

그렇기에 독고광은 참지 않았다.

이는 지금이 아니면 못 얻을 기회일 테니까.

"흐음."

연무흔은 잠시 고민하더니 흔쾌히 고개를 끄덕였다.

"좋아. 다만 조건이 있다."

"조건이요?"

"그래."

그는 씨익 웃으며 말했다.

"만약 내가 이기면 나를 형님이라 부르도록."

연무흔은 그렇게 말하며 독고광을 바라보았다.

옆에서 독고령은 흐뭇한 표정으로 두 사람을 지켜보고 있었다.

아마 두 사람이 자신의 의도대로 행동해 줘서 흡족해하는 것이겠지.

'대충 무슨 생각일지는 짐작이 가.'

독고광에게는 연무흔이라는 입지전적인 인물을 보여 주어 충격을 주고.

연무흔에게는 훗날 무극검문의 소문주가 될 독고광과 친분을 쌓게 해 주고 싶었던 것이리라.

그래서 연무흔은 그의 의도대로 충실히 행동했다.

일부러 자신의 포부를 밝히고, 상대의 반응을 유도했다.

거기에 더해 약한 수준의 도발도 하고 관계성도 확보할 겸 형님이라고 부르란 말까지 했으니…….

독고령 입장에서는 더할 나위 없었으리라.

'물론 내게도 나쁘지 않지.'

독고광에게 밝혔듯 연무흔 자신은 무극검문의 소문주가 될 생각이 전혀 없었다.

그렇다고 무극검문과 척을 질 생각은 더 없었다.

오히려 자신의 외가인 만큼 무극검문과는 친하게 지낼 생각이었다.

'일단은 비공식 동맹이기도 하니까.'

그러니 이렇게 친분을 쌓기 위해 순순히 협력한 것이다.

연무흔은 독고광을 바라보았다.

자신보다 두세 살 정도 어려 보이는 독고광은 의지에 가득 찼는지 세차게 고개를 끄덕였다.

"그러도록 하지요. 하지만 제가 이기면 그쪽이 절 형님으로 부르십시오."

"나이는 내가 더 많은데?"

"내기는 내기지 않습니까."

"하하."

연무흔은 가볍게 웃음을 터뜨리곤 고개를 끄덕였다.

"좋아. 그렇게 하도록 하지."

쿵.

그는 언월도를 가볍게 내리찍으며 물었다.

"휴식할 시간을 줄까? 아니면 지금 바로?"

"지금 바로 해도 충분합니다."

꽤 자신감이 넘치는 발언이었다.

연무흔은 사양하지 않았다. 체력이 꽤 소모되었겠지만 본인의 결정인데 말려서 뭐 하겠는가.

'사실 완전히 휴식을 취하고 와도 결과는 비슷하겠지만.'

연무흔은 그렇게 생각하며 기수식을 취했다.

"삼 초를 양보해 주마."

타앗!

독고광은 사양하지 않고 앞으로 덤벼들었다.

곧 상당한 속도의 쾌검이 연무흔을 향해 펼쳐졌다.

"나쁘지 않은 선택이야."

보통 언월도 같은 중병기는 무게 때문에 비교적 속도가 느린 편이었다.

그러니 그것을 상대하는 데는 쾌검이 최적의 판단이라고 생각한 것일 터.

하지만…….

카가가가강!

"……!"

연무흔은 창대 부분만을 살짝 움직여 모든 공격을 막아냈다.

창대 자체는 나무를 사용해서 만들었는데도 전혀 부러지거나 손상을 입지 않았다.

그가 투신기를 이용해서 상처를 입지 않게 보호한 것이다.

"두 초식 남았다."

"큭!"

당황한 독고광이 이번엔 한 걸음 뒤로 물어나더니 기운을 끌어 올려 참격을 날렸다.

무극단천.

대성한다면 단칼에 하늘을 갈라 버릴 참격이 쏘아졌다.

연무흔은 굳이 이 공격까지 창대로 막지는 않았다.

쇠로 만든 창대면 모를까, 지금의 나무창대로는 투신기를 두른다 하더라도 바로 잘려 나갈 테니까.

하지만 그렇다고 반응을 못 하는 건 아니었다.

쾅!

이번에는 마치 뭔가가 폭발하는 것 같은 소리가 울려 퍼졌다.

언월도의 칼날이 날아오는 참격을 거세게 받아쳐 버렸기 때문이다.

공격한 것은 독고광이었지만 밀려나는 것도 그다.

몇 걸음이나 뒤로 튕겨 나간 그가 믿을 수 없다는 표정을 지었다. 자신의 공격이 이렇게 쉬이 막히다니 믿기지가 않아서였다.

놀란 것은 구경하던 독고령도 마찬가지였다.

'무흔이의 경지가 내가 생각했던 것보다도 높구나.'

설마 이렇게 쉽게 무극신검의 절기를 받아 낼 줄이야.

무극단천은 가장 첫 초식이고 먼저 익히는 간단한 초식이지만 그 위력은 무극신검의 초식 중에서도 세 손가락 안에 들어가는 것이었다.

그런데 그런 걸 이리 가볍게 쳐 내다니?

'역시 내 손주야.'

심할 정도로 실력 차이가 크게 드러나고 있었다. 아마 이대로 가다간 독고광은 아무것도 못하고 패배하리라.

독고광 본인도 그것을 뼈저리게 느끼고 있었다.

'어떻게든 틈을 만들어야 한다!'

지는 건 상관없었지만, 아무것도 못 해 보고 지는 건 싫었다.

결국 그가 선택한 것은 자신의 전력을 다하는 것이었다.

"호오."

연무흔은 독고광에게서 흘러나오는 기세를 보고 살짝 감탄을 흘렸다.

확실히 명문 문파의 후계자답게 굉장히 잘 정련된 기도였다. 그 안에 숨겨진 날카로운 예기는 자신도 살짝 긴장할 정도.

"하압!"

독고광은 크게 앞으로 나아가며 초식을 전개했다.

사실 초식이라고 해 봤자 동작 자체는 무척이나 간단했다. 온몸의 기운을 폭발적으로 한 점에 밀어 넣으며 내지르는 찌르기였으니까.

'무극관천(武極貫天)인가.'

하지만 그 위력은 절대로 간단하지 않았다.

사방의 기운이 일점으로 몰리며 그곳으로 집중되었다.

절대로 피하지 못하도록 아예 공간의 흐름을 집중시킨 것이다.

'투신갑 정도로는 절대 막지 못하겠군.'

그렇다면…….

'맞받아친다!'

쾅!

연무흔은 거세게 진각을 밟았다.

거대한 충격파와 함께 독고광에게 집중되었던 기운의 흐름이 일제히 흩어진다.

그리고 그렇게 흩어진 기운은.

쿠구구구궁!

마치 회오리처럼 언월도의 칼날 부분에 휘감겼다.

검을 내지르던 독고광의 눈이 커졌다. 저것에 그대로 직격하면 그대로 몸이 토막 날 것 같았으니까.

하지만 이미 물러나기는 늦었다.

콰아아아앙!

내지르는 검과 휘둘러진 칼날이 맞붙으며 거대한 충격파를 만들어 냈다.

쿠당탕!

"커흑!"

충격파를 이기지 못하고 뒤로 튕겨 나간 독고광이 그대로 헛숨을 토했다.

피를 토하지는 않았지만 어느 정도 내상을 입었는지 속이 뒤틀린 기분이었다.

동시에 목덜미에 닿는 차가운 칼날.

스륵.

독고광은 침을 꿀꺽 삼키며 어느새 자신의 앞으로 와 있는 연무흔을 바라보았다.

분명 거대한 충격파에 휩쓸린 건 자신만이 아닐 텐데도 그는 지나칠 정도로 멀쩡해 보였다.

하지만 그게 자신과 그의 실력 차이이리라.

독고광은 한숨을 내쉬며 선언했다.

"제가 졌습니다."

그는 잠시 고민하다 말을 덧붙였다.

"……형님."

"그래."

연무흔이 씨익 웃으며 독고광을 일으켜 주었다.

무극검문의 유력한 후계자와 인연을 맺는 순간이었다.

독고광은 상당히 괜찮은 녀석이었다.

비무에서 져서 분해하긴 해도, 뒤끝은 없었다.

그는 시원하게 연무흔을 형님으로 인정했다.

다른 녀석들처럼 졌다고 말을 바꾸지도 않았다. 그 사실이 연무흔에게는 꽤 좋게 다가왔다.

"그렇다면 사실상 형님이 귀주의 주인이 되신 거군요?"

"아직은 아니야. 남사도련 놈들이 뭔가를 꾸미고 있는 게 뻔히 보이는 상황이니까. 다만 놈들의 음모를 분쇄하고 나면 그렇게 보이겠지."

연무흔은 그런 독고광과 어울리며 꽤 많은 이야기를 나누었다.

과거에 나무꾼 시절엔 어떻게 살았는지부터 시작해서……귀주현가를 무찌른 이야기까지.

물론 패왕에 대한 이야기는 빼고 했지만 그것만으로도 충분히 흥미진진하다고 생각한 듯했다.

독고광은 이야기를 들으며 눈을 빛냈다.

'과연 보통 분이 아니시구나.'

문파라는 것은 만들기도 어렵고 키우기도 어려운 것이었다.

한데 눈앞의 연무흔은 맨손으로 시작해서 만든 문파를 가지고 일 년도 채 안 되는 시간 만에 귀주제일기문을 쓰러뜨렸다.

그뿐인가?

단순히 무력으로 밀어 버린 것만이 아니라 경제권까지 장악했다.

본인은 아직 남사도련의 위협이 남아 있다고 했지만 독고광이 볼 때 귀주는 이미 연무흔의 것이나 다름없었다.

'나랑 나이 차이도 별로 나지 않는데 이 모든 일을 이루어 내시다니.'

솔직히 감탄스러운 마음이 컸다.

이런 사람과 소가주 자리를 두고 경쟁했다면 무조건 패

배하지 않았을까?

그가 자신의 문파를 키운다고 검문에 돌아오지 않아서 다행이었다. 반대로 그런 만큼 그에게 잘해 주고 친하게 지내야겠다는 생각이 들었다.

"그나저나 이번 잔치에 수라권종 놈들도 온다고?"

"예. 이미 도착했다고 합니다."

"낯짝도 두꺼운 놈들이군."

독고광은 동의한다는 듯 고개를 끄덕였다.

그도 무극검문의 일원으로서 수라권종을 싫어했기 때문이다.

하지만 그렇다고 그들을 아예 쫓아내 버릴 수는 없었다.

이 강호에서 두 문파의 사이를 모르는 사람은 없긴 하지만, 그렇다고 축하하러 온 사절을 받지도 않고 쫓아내 버린다?

그렇다면 저쪽에 전쟁의 빌미를 주는 것이나 마찬가지였기 때문이다.

수라권종이 습격 사건을 꾸민 배후라는 게 확실하다는 증거가 나오면 모를까…….

그러지 않고서야 그들을 쫓아내는 건 무리였다.

"뭐, 조용히 있다가 돌아가겠지요."

이미 자신들이 꾸민 음모도 사전에 가로막힌 상황이니 말이다.

독고광의 말에 연무흔은 묘한 표정을 지었다.

과연 그럴지는 두고 봐야 아는 것이었으므로.

그리고 며칠 시간이 흘렀다.

무극검제 독고령의 생일 잔칫날이 다가왔다.

잔칫날이 되자 무극검문이 상당히 큰 문파라는 게 다시 한번 실감이 됐다.

이른 아침부터 독고령을 축하하기 위한 사절들이 끊임없이 도착했기 때문이었다.

모두 근처에 있는 문파들이나 무림 곳곳에서 모인 손님들이었다.

그중에는 평범한 중소 문파에서 온 이들만 있는 게 아니라 구파일방이나 칠대세가 출신들 등 거물이라 불리는 이들도 많았다.

아침부터 시작된 왁자지껄한 연회.

연무흔은 그중 괜찮은 곳에 자리를 잡고 앉아 음식과 술을 즐겼다.

그의 주변엔 신기한 듯 주변을 둘러보는 장홍동과 미리 연을 맺은 제갈상이 자리 잡고 있었다.

"형님, 저도 합석해도 되겠습니까?"

한데 한참 연회를 즐기는 도중 독고광까지 끼어들었다.

미리 그들의 관계를 전해 들었던 장홍동은 별 반응이 없었지만, 제갈상은 무척이나 놀랐다.

'투룡 소협께서 독고광과도 친분이 있던 건가?'

독고광은 대외적으로도 무극검문의 후계자로 가장 유력하게 꼽히는 인물이었기 때문이다.

안 그래도 무극검문과 뭔가 연이 있다고 추정되는 연무흔이었다.

그런데 이런 사람과 친분이 있다니 그 추측이 점점 더 확신이 되어 가고 있었다.

하나 제갈상이 그런 생각을 하든 말든.

"마음대로 해. 하지만 바쁠 텐데 나와 함께해도 되겠어?"

"안 그래도 가문 어른들의 손길에서 도망친 상태입니다. 아직 소문주가 된 것도 아닌데 소문주인 척 인사를 하고 다니라고 하셔서……."

"미리 거물들과 안면을 터 두면 좋은 것 아닌가?"

"저는 아직 확정되지도 않은 자리의 주인처럼 행세하는 게 부담스럽습니다, 형님."

그렇게 말하는 독고광의 목소리에는 진심이 담겨 있었다.

연무흔이 고개를 끄덕였다.

"네가 그렇게 말한다면야."

하긴 독고광은 독고광만의 고충이 있을 것이다.

연무흔은 더 이상 캐묻지 않았다. 그저 술을 따라 그에게 건넬 뿐.

독고광은 뒤늦게 장홍동과 제갈상을 소개받고 자리에 앉았다. 꽤 특이한 조합인지 주변에서 이런저런 시선이 꽂혔으나 연무흔은 신경 쓰지 않았다.

그렇게 잔치가 무르익어 가던 무렵이었다.

"안 그래도 한번 대화를 나눠 보고 싶던 사람들이 둘이나 모여 있군."

쾌활한 청년의 목소리가 들려왔다.

연무흔은 고개를 들어 목소리의 주인을 바라보았다.

동시에 독고광의 표정이 딱딱하게 굳었다. 지금 나타난 인물은 오늘 결코 마주치고 싶지 않은 인물이었으므로.

"괜찮다면 나도 합석해도 되겠소?"

환하게 웃으며 그렇게 묻는 이의 정체는 바로 하종필.

강호에서는 권룡(拳龍)이라고 불리는 인물이자…….

수라권종의 후계자였다.

6장

"좋소."

연무흔은 시원하게 하종필의 부탁을 수락했다.

[형님?]

그에 독고광이 당황한 표정으로 전음을 보냈다.

그는 이해할 수가 없었다.

하종필이 어떤 인물이던가?

어쩌면 이번에 있었던 녹림 습격 사건의 배후일지도 모르는 사람이었다. 그런데 그런 녀석을 이렇게 쉽게 받아들이다니…….

'설마 이 녀석이 누군지 몰라서 이러시는 건가?'

충분히 가능성이 있었다.

하종필과 안면이 있는 독고광과는 다르게 연무흔은 그를 처음 봤기 때문이었다. 게다가 아직 통성명을 안 하기도 했고.

"아, 내가 누군지 모르시나 보군."

하종필도 그렇게 생각했는지 웃으며 말했다.

그는 적당히 빈자리에 앉으며 주변을 둘러보았다. 몇몇 사람들의 시선이 이쪽에 집중된 것이 보였다.

"나는 하종필이오. 강호에서는 권룡이라고 불리며 수라권종의 소종주 자리를 맡고 있지."

"……!"

수라권종이란 말에 주변 사람들의 표정에 놀라움이 떠올랐다.

설마 수라권종의 후계자가 이렇게 당당하게 무극검문의 잔치에 참석할 줄은 몰랐기 때문이다.

하지만 연무흔은 침착했다. 그는 별로 신경 쓰이지도 않는다는 듯 대답했다.

"연무흔이오. 이쪽은 내 동행인 장홍동이고. 그리고 이쪽은……."

"제갈세가의 제갈상 소협과 무극검문의 독고광 소협 아니시오? 독고광 소협은 저번 만남 이후로 이 년 만이군."

"……오랜만입니다."

독고광은 이를 꽉 깨물며 대답했다.

그가 말하는 이 년 전이라는 말은 자신이 하종필과 비무를 벌이고 철저하게 깨진 날이었기 때문이다.

그런데 굳이 그날을 언급한다는 것이 상당히 기분이 좋지 않았다.

하지만 그러거나 말거나 하종필은 싱글벙글 웃으며 말했다.

“어쩌다 보니 이 자리에 강호의 용(龍)이 셋이나 모였군. 물론 아닌 사람도 있지만 말이오.”

“……!”

계속되는 도발에 독고광의 표정이 일그러졌다.

연무흔과 제갈상, 그리고 하종필은 각각 투룡과 지룡, 권룡이라고 불리고 있지만 독고광에게는 용이라는 별호가 붙지 않았기 때문이었다.

현재 검룡이라는 별호가 붙은 인물은 남궁세가의 소가주인 남궁천.

이 자리에는 오지 않았지만 검술에 있어 둘도 없는 천재라고 불릴 만큼 대단한 인물이었다.

독고광은 이제 슬슬 하종필이 어째서 이 자리에 왔는지 깨달을 수 있었다.

‘나를 도발하려고 온 건가?’

충분히 있을 법한 상황이었다.

기본적으로 두 사람은 많이 비교되며 자란 사람이었다.

그럴 수밖에 없었다.

한 명은 무극검문의 가장 유력한 후계자 후보.

또 한 명은 수라권종의 후계자.

문파의 사이가 안 좋다 보니 당연히 훗날 두 문파를 이끌 인재들이 비교되는 것이다. 거기에 독고광은 맨날 하종필보다 조금 뒤떨어진다는 평가를 받고 있었다.

그리 크지는 않지만 차이는 엄연한 차이다.

그런 만큼 하종필 또한 그 차이를 가지고 자주 독고광을 도발하곤 했다.

설마 무극검제의 생일잔치에 와서까지 이럴 줄은 몰랐지만…….

그의 진짜 성격을 생각해 보면 충분히 그럴 만도 했다.

'예의 바르고 이성적인 척하지만 누구보다도 오만하고 폭급한 놈이니까.'

아마 이번에 꾸몄던 일이 잘되지 않아 화풀이로 자신을 모욕하러 온 것이겠지.

그에 독고광이 무어라 하려고 할 때였다.

"그대는 이상한 것에 집착을 하고 있군."

"뭐?"

"용이고 봉이고 하는 게 지금 뭐 그리 중요하다고 떠드는지 모르겠단 말이오. 갑자기 친우들끼리 술을 마시고 있는데 그런 소리를 하는 저의가 뭐요?"

툭 던지는 직설적인 말.

그에 하종필의 눈이 가늘어졌다.

'이놈이?'

솔직히 그는 독고광을 도발하려고 온 게 맞았다.

일련의 사건으로 기분도 최악이었고, 수라권종으로 돌아가기 전에 이걸 풀고 싶었으니까.

한데 눈앞의 녀석이 그걸 방해하고 있었다.

'투룡 연무흔.'

그 존재는 진즉 알고 있었다.

애초에 자신의 계획을 초장부터 망쳐 놓은 인물이 비로 그였으니까.

하종필은 처음부터 그가 마음에 들지 않았다. 자신의 계획을 방해한 것뿐만이 아니라, 그는 연무흔의 과거를 알고 있었기 때문이었다.

'고작 천한 나무꾼 주제에 내게 저딴 말을 해?'

갑자기 나타난 무림의 신성인 만큼 수라권종 또한 연무흔에 관해 조사를 해 본 상태였다.

그래서 하종필은 연무흔의 과거를 알고 있었다.

분명 얼마 전까지 시골 마을의 천한 나무꾼이라고 했었지.

정보가 틀릴 일은 없었다. 수라권종의 정보력은 정보 조직에 못지않았고, 여러 방법으로 이중, 삼중으로 확인을 해 봤기 때문이었다.

물론 그런 나무꾼 출신의 연무흔이 어떻게 이렇게 강해졌는지는 알아내지 못했지만…….

어쨌든 마음에 들지 않았다. 솔직히 마음만 같아서는 이 자리에서 박살을 내 버리고 싶었다.

하지만 무극검제의 생일잔치에서 그렇게까지 일을 벌일 수는 없는 법.

결국 하종필은 억지로 미소를 지으며 대답하는 수밖에 없었다.

"이거 내가 연 형의 심기를 상하게 했나 보구려. 사과의 의미로 술 한 잔 올릴 테니 받아 주시겠소?"

"그러시오."

연무흔은 흔쾌히 잔을 내밀었다.

하종필의 입가에 일순 잔인한 미소가 떠올랐다.

"그럼 따르겠소."

쪼르륵!

"……."

연무흔은 조용히 자신의 잔을 바라보았다.

겉보기에는 평범하게 술을 따르는 모습같이 보였다.

하지만 지금 하종필은 술에 내력을 담아서 따르고 있었다.

다른 상황이었다면 감탄이 나왔을 정도로 꽤 깔끔한 내기의 운용이었다.

연무흔은 그만 헛웃음을 터뜨릴 뻔했다.

확실히 신선한 방법이었기 때문이다.

'제법인데.'

이렇게 술에 내력을 담아 자신의 의도를 표현하다니.

게다가 그 내력의 양과 질도 상당하다고 말할 수준이었다.

무공 수위에 비해 내력이 이렇게 강한 걸 보면 아마 어린 시절부터 밥 먹듯이 영약을 먹어 댄 결과가 아닐까?

'뭐, 노력도 어느 정도 했겠지만.'

기의 수발이 자유로운 걸 보면 분명 피나는 노력을 거쳤으리라.

그딴 노력의 결과를 이딴 것에 써서 문제지만 말이다.

연무흔은 그렇게 생각하며 잠시 술잔을 노려보았다.

하종필은 미소를 지으며 물었다.

"기껏 올린 술인데 자시지 않는 거요? 이거 섭섭하구려."

그는 기대에 찬 얼굴로 연무흔을 바라보고 있었다.

아마 술잔을 제대로 들지 못하고 당황하는 반응을 원하는 거겠지.

연무흔은 피식 웃으며 단숨에 술을 입에 털어 넣었다. 하종필의 얼굴에 노골적인 실망이 새겨졌다.

하지만 그가 무어라 하기도 전.

"한 잔 받았으니 나도 한 잔 돌려주는 게 도리겠지."

연무흔은 그렇게 말하고 망설임 없이 술을 따랐다.

그리고.

"……!"

어쩔 수 없이 잔을 내밀었던 하종필의 얼굴이 굳었다.

술잔을 들고 있던 자신의 손이, 밀려드는 내력을 이기지 못하고 덜덜 떨리고 있었기 때문이다.

'이게 무슨……!'

상상 이상으로 엄청난 내력이었다.

도저히 후기지수들이 낼 수 있는 수준이 아닐 정도로.

결국.

쨍그랑!

하종필이 놓친 잔은 바닥으로 떨어져 산산조각 나고 말았다.

그 소란에 근처에 있던 모두의 시선이 집중되었다.

연무흔이 피식 웃으며 말했다.

"취하지도 않았는데 잔을 이렇게 떨어뜨리시다니. 손아귀 힘을 더 기르셔야 하는 것 아니오?"

"……!"

하종필의 얼굴이 붉어졌다.

그는 낮아진 목소리로 물었다.

"지금 나를 모욕하는 것이오?"

"모욕이라니. 사실을 말한 것뿐인데."

"권사에게 악력을 더 기르라고 하는 게 모욕이 아니면 뭐요?!"

쩌렁쩌렁한 외침이 울려 퍼졌다.

그에 연무흔의 미소가 짙어졌다.

'이쯤 하고 끝내려고 했는데.'

대충 던진 말에 생각보다도 격한 반응을 보여 주고 있었다.

아마 겉으로 보여 준 것보다 실제 성격은 훨씬 더럽고 오만하며, 경험도 별로 없고 멍청한 녀석이라는 소리겠지.

그렇다면 이 상황을 조금 더 이용해 먹을 수 있을 것 같았다.

연무흔은 피식 웃으며 말했다.

"나는 그냥 느낀 점을 말한 것뿐이오. 그리고 하 공자, 당신이 잔을 떨어뜨린 건 사실이지 않소?"

"그건 당신이 내력을 담았으니……."

"내력? 무슨 소리를 하는 거요?"

정말 모르겠다는 듯 고개를 갸웃거리는 연무흔.

그에 하종필이 쌍심지를 켰다.

"그럼 내가 내력도 담기지 않은 잔을 놓쳤다는 말이오?"

"아마 잔이 무거웠나 보지. 그래서 말하지 않았소? 손아귀 힘을 좀 더 기르셔야 할 것 같다고."

"하! 귀주의 투룡이 오만한 성격이라고 듣긴 했으나 상상 이상이었군."

"나는 권룡이 어떤 성격인지는 듣지 못했으나 하나는 알 것 같소."

[네 별호에서 용이라는 단어는 떼도 되겠어.]

"……!"

귓가에 울려 퍼지는 전음에 하종필이 눈을 크게 떴다.

"이놈이……!"

"초면에 이놈이라니, 말이 심하군."

[할 말, 못 할 말을 제대로 구분 못 하는 걸 보니 녹림도들을 시켜 멍청한 계획을 세운 놈답구나.]

"……!"

하종필의 얼굴에 경악이 서렸다.

상대는 자신이 이번 일의 배후라는 걸 알고 있었기 때문이다.

증거는 다 없앴을 텐데 어떻게?

하지만 그가 무어라 반론을 하기도 전이었다.

연무흔은 주변 사람들 모두가 다 들을 수 있게 큰 목소리로 말했다.

"아무리 수라권종이라고 해도 이렇게 대놓고 사람을 무시해도 되는 거요?"

"내가 언제 무시를 했다고……."

"사람을 보고 놈이라고 하는 게 무시하는 거지. 부모님이나 수라권종의 다른 어른들에게 그것도 배우지 못했소?"

"지금 본 종을 모욕하는 것이냐!"

"말은 바로 하시오. 처음 내 일행을 모욕하려고 먼저 은근슬쩍 수작을 부린 건 당신이고, 나는 사실만을 말하고 있는 중이니까. 뭐 사실을 모욕이라고 받아들이면 어쩔 수 없지만."

"네놈!"

"귀청 떨어지겠소. 화를 내는 건 좋은데 자꾸 그렇게 입만 털어 댈 거요?"

연무흔이 자리에서 일어나며 말했다.

"불만 있으면 무인답게 해결합시다."

"그게 무슨……."

"한판 붙자는 말이오. 그게 가장 깔끔하고 시원하게 끝낼 수 있는 방법이 아니오?"

연무흔은 피식 웃으며 말을 이었다.

"아, 물론 겁이 난다면 어쩔 수 없시만."

"나를 모욕하지 마라!"

"그렇다면 받아들이는 걸로 알겠소. 무극검문주님, 저희가 가벼운 비무를 벌여 잔치의 흥을 돋워도 괜찮겠습니까?"

연무흔은 어느새 근처까지 온 독고령을 바라보며 공손히 물었다.

독고령이 피식 웃으며 고개를 끄덕였다.

"어른이 되어서 피 끓는 젊은이들의 자발적인 비무를 막으면 안 되겠지. 모두 잠시 말려들지 않도록 좀 물러나 주겠나?"

은근슬쩍 자발적이라는 말을 강조하는 독고령이었다.

그의 말에 따라 주변에 있던 구경꾼들이 넓게 원을 만들어 임시 비무대를 형성했다.

연무흔은 고맙다는 듯 독고령에게 가볍게 고개를 숙이고 하종필에게 말했다.

"판이 깔렸소. 이제 와서 도망치지는 않겠지?"

"흥. 고작 귀주의 작은 문파 하나 없앴다고 수라권종이 만만하게 보이는 것이냐?"

"수라권종은 만만하게 보이지 않소. 하지만 그대는 좀 만만한 것 같군."

"이놈이!"

연무흔은 반응하지 않고 옆에 놓아둔 언월도를 장홍동에게 맡겼다. 그 모습에 하종필의 두 눈이 큼지막하게 커졌다.

"지, 지금 뭐 하는 짓이냐? 왜 무기를 들지 않지?"

비무 중에 자신의 병기를 사용하지 않는다는 건 상대방이 그 무기를 쓸 가치도 없다는 뜻이었다.

실제로 연무흔은 그저 씨익 미소를 지으며 이렇게 말할 뿐이었다.

"그쪽은 두 주먹만으로 충분할 것 같아서."

"투룡!"

모욕을 참지 못한 하종필이 얼굴을 붉히며 달려들었다.

하지만 그러는 와중에도 하종필은 이성의 끈을 완전히

놓지는 않았다.

'놈은 확실히 강사나.'

상대가 누구인가?

투룡 연무흔이다.

녹림의 산 채 네 개를 없애고, 귀주현가를 멸문시켰으며, 수백 년 만에 부활한 혈천교의 무인을 벤 강자.

게다가 방금 전에는 자신을 압도하는 내력 운용을 보여주기도 했다

보통 놈이 아니라는 건 분명했다.

그러니…….

'장기전으로 가면 필패다. 단기에 승부를 본다!'

빠르게 머리를 회전시킨 하종필이 주먹을 내뻗었다.

수라권종의 권법 중 하나인 염라파신권(閻邏破神拳)이었다.

무시무시한 기세로 연무흔에게 쇄도하는 주먹.

"주군!"

그것을 본 장홍동이 깜짝 놀라 소리를 질렀다. 주먹에 담긴 기운은 딱 봐도 보통이 아니었기 때문이다.

하지만 가볍게 코웃음을 친 연무흔이 기세를 방출했다.

"하."

쿠구구구구궁!

"……!"

대기가 떨리며 주변에 있던 이들이 깜짝 놀라 뒤로 물러

났다.

그만큼 연무흔에게서 흘러나온 기운이 패도적이었기 때문이다.

연무흔은 공격을 피하는 대신 투신기를 두른 주먹을 마주 내뻗었다. 척 봐도 무시무시한 기세에 기겁한 하종필이 뒤로 물러났다.

"큭!"

급하게 후퇴한 하종필이 분하다는 듯 입술을 씹었다.

지금 다른 사람들이 보기엔 그가 정면 대결을 피하고 도망친 것처럼 보였을 테니까.

하지만 어쩔 수 없었다.

그의 직감이 저 주먹에 맞으면 그대로 박살 난다는 걸 알려 주었기 때문이었다.

"도망치는 데는 일가견이 있는 것 같군."

"놈!"

분노한 하종필이 이번에는 빠르게 주먹을 내뻗기 시작했다.

한 방 한 방은 그렇게 위협적이지 않지만 모두 요혈을 노린 공격들이다.

연무흔 또한 최소한의 투신기만 두르고 그의 주먹을 맞받아쳤다.

파바바박!

순식간에 수십 합이 넘는 박투술이 두 사람 사이를 오갔다.

"대단하군."

"속도가 얼마나 빠른지 제대로 보이지도 않아."

"둘 다 이제 스물을 넘긴 지 얼마 되지도 않았다고 들었는데……."

"아니, 투룡의 무기는 언월도 아니었던가? 권장법에도 재능이 있는 줄은 몰랐군."

구경하던 사람들이 웅성거렸다.

확실히 지금의 대결은 많은 사람들의 감탄을 불러일으킬 만큼 화려하고 멋졌기 때문이다.

특히 볼거리로는 이만한 게 없었다.

'이런 미친!'

하지만 정작 당사자인 하종필은 죽을 맛이었다.

분명히 자신은 전력을 다해 주먹을 내뻗고 있었는데, 상대는 너무 가볍게 공격을 막아 내고 있어서였다.

이게 중병기를 다루는 무인이 펼치는 권법이 맞단 말인가?

"하아압!"

그는 안 되겠다 싶어 기습적으로 장법을 내뻗었다.

파앙!

염라귀혼장(閻羅歸魂掌).

내공을 일점에 모아 터뜨려 커다란 충격을 주는 장법이다.

대성하면 한 방에 수십 명의 사람들을 날려 버릴 수 있다고 하던가?

그 정도는 아니더라도 하종필의 일격은 단번에 사람의 가슴뼈를 박살 낼 수 있을 정도로 강한 위력을 담고 있었다.

사실 비무라기보단 생사결에서 쓸 법한 수법.

그걸 깨달은 주변의 몇몇 고수들이 인상을 찌푸렸다.

하지만.

"흥."

연무흔은 마찬가지로 투신기를 모아 장법을 받아칠 뿐이었다.

쩌어어엉!

"컥!"

두 사람 사이에 커다란 충격파가 일어나며 하종필이 뒤로 튕겨 나갔다.

연무흔은 담담한 목소리로 말했다.

"넌 한 번 죽었다."

마지막 순간에 봐줘서 위력을 줄여 주었기에 하는 말이었다.

하종필이 이를 까득 깨물었다.

"놈……!"

그의 눈에서 귀화(鬼火)가 피어올랐다.

동시에 솟아오르는 건 하종필의 몸을 마치 갑옷처럼 감싸는 기운이다.

수라권종의 상징이라고 할 수 있는 파천수라기(破天修羅氣)였다.

"저건!"

"일개 비무를 하는데 저걸 꺼낸다고?"

지켜보던 무극검문 무인들의 표정에 놀라움이 떠올랐다.

특히나 나이가 어느 정도 있는 이들은 잔뜩 경계하는 눈으로 하종필을 바라보았다.

파천수라공은 수라권종 중에서도 일부에만 전수되는 특수한 무공이었기 때문이다. 한데 설마 저것을 꺼낼 줄이야.

"죽여 버리겠다!"

하종필이 정말 머리끝까지 단단히 화가 났다는 표시였다. 그가 다시 주먹을 내뻗었다. 파천수라기가 일렁이고 아까와는 차원이 다른 위력의 공격이 펼쳐졌다.

콰앙!

양팔로 주먹을 교차해서 막았음에도 연무흔의 몸이 몇 걸음이나 뒤로 밀려났다.

'확실히 강해졌군.'

연무흔은 팔에서 느껴지는 얼얼함에 피식 웃었다.

'아예 쭉정이는 아니라는 건가?'

과연 이 정도면 비슷한 나이대의 후기지수들 중에선 적

수가 없으리라.

왜 상대가 권룡이라고 불리는지 알 것만 같았다.

하지만…….

'아직은 미숙해.'

연무흔은 그렇게 생각하며 거세게 진각을 밟았다.

쿵!

그의 어깨가 마치 충차와 같은 기세로 하종필을 들이박았다.

투신기를 두꺼운 갑옷처럼 운용해서 중량으로 찍어 누른 것이다. 설마 이런 식으로 공격할 줄은 몰랐는지 하종필이 인상을 찌푸렸지만.

'이 정도면 버틸 수 있다!'

그는 살짝 뒤로 물러나며 자신의 파천수라기를 한껏 끌어올렸다. 아예 튕겨 나가는 척하면서 주먹을 내뻗어 역으로 어깨를 박살 내 버릴 생각이었다.

뿌득!

"끄아아아아악!"

하지만 그건 계획일 뿐이었다.

중간에 팔을 붙잡힌 그가 비명을 질러 댔다.

신묘한 금나수법으로 공격을 중간에 가로챈 연무흔이 하종필의 팔을 비틀어 버린 것이다.

그 결과는 깔끔한 탈골.

그는 생전 몇 번 느껴 보지 못한 고통에 눈을 부릅떴다. 하지만 안타깝게도 그건 끝이 아니었다.

"이제 두 번 죽었군."

"……!"

연무흔은 팔을 비틀며 생긴 회전력을 이용해 그대로 하종필을 메쳐 버렸다.

쾅!

커다란 소리와 함께 먼지구름이 일었다.

하종필의 몸이 그대로 바닥에 떨어졌기 때문이다.

"끄, 억……."

반쯤 의식이 날아간 상태로 신음만을 내는 하종필.

연무흔은 그런 하종필을 보고 손을 딕딕 털었다. 비무의 승부는 누가 봐도 명확했다.

"와아아아아아아!"

곳곳에서 함성이 터져 나왔다.

몇몇 이들은 눈치를 보았지만, 평소부터 수라권종과 사이가 안 좋던 무극검문의 사람들에게 이건 무척이나 즐거운 일이었다.

그 재수 없던 수라권종의 후계자를 두들겨 패다니?

꽉 막힌 속이 시원하게 뚫리는 기분이었다. 그들은 모두 호의 어린 눈으로 연무흔을 바라보았다.

하지만.

"소, 소종주님!"

뒤늦게 비무장에 난입하는 자들이 있었다.

바로 소종주인 하종필을 호위하던 수라권종의 사람들이었다. 그들 중 가장 경지가 높아 보이는 남자가 살기를 뿜어냈다.

"감히 네놈 따위가 소종주님을……!"

기세만 봐서는 당장 출수해도 이상하지 않은 상황이었다.

연무흔은 말없이 장홍동에게 언월도를 넘겨받았다.

눈앞의 상대는 하종필처럼 권법만으로 상대할 수 없을 정도로 강했기 때문이다.

하지만 그들이 충돌하기 전.

"지금 뭐 하는 짓거리지?"

사아아아아악!

어마어마한 살기가 남자를 짓눌렀다.

남자는 헛숨을 들이켜고 몇 걸음이나 뒤로 물러났다. 그는 덜덜 떨리는 눈으로 살기의 주인을 바라보았다.

무극검제 독고령이 자신을 바라보고 있었다.

"설마 지금 고작 비무에서 졌다고 투룡에게 손을 대려던 것이냐?"

그렇게 말하는 목소리는 무척이나 살벌했다.

긍정이라도 했다간 단번에 검격이 날아올 만큼.

"그, 그것이……."

남자는 연신 식은땀을 흘리며 말을 더듬었다.

그는 수라권종 내에서도 소종주의 호위를 맡을 만큼 손에 꼽히는 고수였지만 상대는 무극검문의 주인인 독고령이었다.

천하삼대검수 중 하나이자 이 무림을 이끄는 절대자 중 한 명.

그에게 비견될 고수라고는 수라권종 내에서도 종주밖에 없었다. 결국 남자는 원한을 갚지 못하고 물러날 수밖에 없었다.

"……그저 소종주를 챙기고 돌아갈 생각이었습니다. 투룡을 겁박할 생각은 전혀 없었습니다."

"흥. 그렇다면 빨리 저놈을 챙겨서 꺼져라."

독고령은 코웃음을 치며 턱짓으로 대문을 가리켰다.

남자는 아까의 기세는 어디 갔는지 황급히 고개를 끄덕였다.

곳곳에서 비웃음이 터져 나왔지만 그걸 신경 쓰기엔 무극검제가 너무 무서웠다.

하지만…….

[수라권종은 이 원한을 잊지 않을 것이다.]

그는 마지막 자존심으로 이 사태의 원흉인 연무흔에게 전음을 날렸다.

수라권종이라는 이름 앞에 연무흔이 겁에 질리고 공포

에 떠는 모습을 보고 싶었기 때문이다.

하나.

피식.

[겁먹은 생쥐 같은 놈이 쓸데없는 말이 많군.]

연무흔은 입꼬리를 올리며 그렇게 조소할 뿐이었다.

남자가 눈을 부릅떴다.

설마 일개 후기지수 주제에 수라권종의 이름을 듣고도 저런 반응을 보일 줄이야?

하지만 더 이상 그걸 추궁할 수는 없었다. 더 이상 무언가 말하기엔 빨리 꺼지라는 무극검제의 시선이 너무 무서웠으니까.

남자는 연무흔을 한 번 노려보고 무극검문에서 황급히 빠져나갔다.

곧 사방에서 환호성이 터졌다. 연무흔의 승리를 축하해 주는 환호성이었다.

당연히 소문은 빠르게 퍼져 나갔다.

그럴 수밖에 없었다.

이번 일은 다른 곳도 아니고 무려 무극검제의 생일잔치에서 일어난 일이었기 때문이다.

목격자만 해도 백 명이 넘고, 그들은 전부 각지에서 한가락씩 하는 유력자들.

심지어 이번 대결은 그 흔치 않은 용(龍)들의 대결이었다. 소문이 퍼지지 않으려야 않을 수가 없었다.

"투룡이 그렇게 강했다니……."

"자신의 무기도 쓰지 않고 권룡을 박살 냈다지?"

"그렇다면 지금까지의 소문들도 다 사실이었던 건가?"

반응은 열광적이었다.

용봉끼리 싸우는 일도 흔치 않은데, 이번 대결은 결과가 너무 극적이었기 때문이다.

반론할 수도 없을 수준의 완승.

심지어 투룡 연무흔은 자신의 무기를 사용하지도 않았고 권룡에게 맞춰 주어 두 주먹만을 사용했다고 한다.

이쯤이면 둘 사이의 격차가 얼마나 큰지 알 수 있었다.

"이 정도면 후기지수 최강은 투룡이겠군."

"에이, 그건 아니지. 다른 용봉들도 붙어 보지 않으면 결과는 모르는 것이잖나."

"그래. 애초에 권룡이 생각보다 약했던 것일 수도 있어."

"무엇보다 저 나이대에 있는 무인들 중에는 검룡이나 명교의 소교주도 있지 않나?"

"하지만 투룡이 상위권에 위치할 거라는 건 분명해."

"그건 그렇지."

호사가들은 이런저런 의견을 내면서도 연무흔의 강함을 인정했다.

그것을 부정하기에는 그가 이루어 낸 업적이 너무나 많았기 때문이다.

등장과 동시에 파란을 일으키며 혈천교와 살막을 무찌르고, 동시에 귀주를 평정했으니…….

게다가 이제는 자신의 영역을 벗어나 타지에서도 직접적인 힘을 보여 주기까지 했다.

그 모습이 어찌나 인상 깊었는지, 몇몇 성급한 이들은 그가 후대의 천하제일인이 될 거라는 말을 공공연하게 떠들어 댈 정도였다.

하지만…….

그의 위명이 높아질수록 더 분위기가 안 좋아지는 곳이 있었다.

바로 수라권종이었다.

쾅!

“네놈들은 대체 뭘 하고 있었길래 소종주가 그 꼴이 되는 걸 보고만 있었나!”

그렇게 소리치는 것은 바로 수라권종의 종주인 파천권황(破天拳皇) 하진성이었다.

그는 몇십 년 동안 무극검문에 밀리고 있던 수라권종을 다시 비등한 수준으로 성장시킨 뛰어난 지도자였다.

또 고작 중년의 나이로 무극검제와 비슷한 경지를 이룬 입지적인 무인이기도 했다.

“그, 그것이…… 말리긴 했지만 소종주께서…….”

“내 아들이 말을 듣지 않았다? 그걸 지금 변명이라고 하는 것이냐? 설령 그렇다고 해도 상황이 안 좋아졌으면 중간에 끊기라도 했어야지!”

그는 아들을 호위하던 무인들을 상대로 버럭 소리를 질렀다.

그 호통에 호위대는 벌벌 떨며 고개를 조아릴 수밖에 없었다.

솔직히 할 말은 많았지만 이렇게 기분이 안 좋은 파천권황을 상대로 입을 열었다간 물리적으로 머리가 터져 나갈 수도 있었기 때문이다.

“이런 쓸모없는 자식들…….”

하진성은 씩씩거리면서 자리에 앉았다. 그러자 그의 옆에 그림자처럼 서 있던 여인 하나가 물었다.

“종주님, 어떻게 할까요?”

그 어떻게 하느냐의 대상은 당연히도 연무흔이었다.

수라권종의 입장에서 봤을 때, 문제의 원인은 아무리 봐도 그였기 때문이다.

“명하신다면 제가 직접 가겠습니다.”

“아니, 그러지 마라.”

하지만 하진성은 손을 휘저으며 여인을 제지했다. 그는 짜증 가득한 표정으로 한숨을 내쉬고 말했다.

"만약 우리가 직접 놈에게 손을 댔다가는 꼴이 우스워져. 설령 몰래 놈을 죽인다고 해도 만에 하나 들켰다간 논란이 생기게 되겠지."

단순히 웃음거리로 끝날 게 아니라 이건 전쟁의 빌미가 될 수도 있었다.

연무흔과 하종필이 벌인 비무는 바로 무극검제의 생일잔치에서 벌어진 것이었기 때문이다. 만약 그런 자리에서 벌어진 일을 가지고 투룡을 죽였다간 무극검제가 가만히 있지 않을 것이다.

"그렇다면 이번 일은 그냥 넘어가시겠습니까?"

"아니. 내 아들을 그런 꼴로 만든 놈을 가만히 놔둘 수는 없지."

"그렇다면……."

"지금 당장 혈천교에 연락해서 이전에 놈들이 했던 제안을 받아들인다고 전해. 단, 우리의 조건을 덧붙여서 말이야."

"조건이라 하시면……."

"그 투룡이라는 애송이의 목."

하진성은 냉혹한 눈으로 말을 이었다.

"그걸 내게 가져오도록 해. 그게 바로 조건이다."

며칠 후.

무극검문의 연무장.

휘익! 챙!

그곳에는 한참 병장기가 부딪치는 소리가 울려 퍼지고 있었다.

소리의 주인은 바로 연무흔과 무극검문 출신의 한 젊은 고수였다.

고수는 이를 꽉 깨물며 연무흔에게 자신의 절초를 전개했다.

보기만 해도 살벌한 쾌검술이 연무흔을 향해 펼쳐지지만.

쿵!

진각과 함께 휘두른 일격에 쾌검술의 궤적이 모두 박살 나고 말았다.

이어서 망연한 표정을 짓는 청년.

하지만 그것도 잠시였다. 청년은 어쩔 수 없다는 듯 웃으며 포권을 취했다.

"많이 배웠습니다, 투룡 소협."

"와아아아아아!"

지켜보던 연무장에선 환호성이 터져 나왔다.

"오늘 투룡 소협이 몇 연승 중이시지?"

"벌써 칠 연승이야. 정말 지치지도 않으신가 보군."

현재 연무흔은 생일잔치가 끝났음에도 무극검문에 계속 머무르고 있었다.

이유가 뭐냐고?

바로 무극검문 측에서 손님으로 있어 달라고 정식으로 요청을 했기 때문이다.

물론 거기엔 손주와 더 함께 있고 싶다는 독고령의 사심도 섞여 있었지만…….

"역시 대단하시구나."

"수라권종의 그 재수 없는 자식을 박살 낸 분다워."

기본적으로 무극검문의 무인들 사이에서 연무흔의 인기가 하늘을 찌를 듯이 높았다.

그럴 수밖에 없었다.

무려 무극검문의 숙적인 수라권종의 소종주를 쓰러뜨렸으니, 무극검문 사람들은 당연히 좋아할 수밖에.

이유는 또 있었다.

"이야, 나도 독고광 공자처럼 저분이랑 친해지고 싶다."

"의리가 그렇게 강하다는데……."

"이번에 그 자식이랑 싸운 것도 그 자식이 독고광 공자를 모욕해서라지?"

"맞아. 내가 근처에 있었는데 똑똑히 들었어. 그 못돼 먹은 자식이 독고광 공자를 용의 별호가 없다고 비웃었는데 투룡 소협이 나서 주셨지."

"그게 정말인가? 그러기 쉽지 않았을 텐데 대단하군."

바로 연무흔이 독고광을 위해 싸워 줬다는 소문이 퍼져서였다.

반쯤 사실이긴 했다.

다른 이유가 섞이긴 했어도, 연무흔이 나선 건 기본적으로 독고광을 비웃는 하종필이 마음에 안 들어서였으니까.

그러다 보니 무극검문은 열광할 수밖에 없었다.

현시대의 강호에 이런 의리를 보여 주는 사람은 몇 없었기 때문이었다.

특히 수라권종 같은 거대 문파를 상대하는 일에서는 더욱.

"저런 분이 우리 무극검문에 있었으면 얼마나 좋을까?"

심지어는 이런 의견이 나올 정도였다.

아예 한술 더 떠서 투신문이 통째로 무극검문에 들어오지 않겠냐고 넌지시 제안하는 이도 있을 정도였다.

고위층이었던 걸 보면 독고령의 입김이 들어간 게 아니었을까?

하지만 그럴 때마다 연무흔은 정중히 사양했다. 그에게는 투신문을 최고의 문파로 만든다는 목표가 있었기 때문이다.

그리고 그걸 위해서…….

'슬슬 떠나야겠군.'

그는 돌아갈 준비를 하고 있었다.

사실 연무흔이 이렇게 무극검문에 머문 것도 외조부를 위해서였다.

그렇지 않으면 굳이 이곳에 있을 이유도 없었기 때문이다.

하지만 그것도 이제 시간을 너무 많이 끌어 버렸다.

그는 엄연히 한 문파의 주인.

책임질 사람도 많고 할 일도 많은 사람이었다. 그러다 보니 계속해서 이곳에 머무를 수는 없었다.

그 사실을 독고령과 독고광에게 알리자 두 사람은 무척이나 아쉬워했다.

"벌써 가려고 하느냐? 조금 더 있지 않고."

"예, 형님. 조금만 더 머물다 가시지요."

두 사람은 어떻게든 연무흔을 붙잡아 보려고 아쉬움에 말했다. 하지만 연무흔은 고개를 저었다.

"이젠 정말 가야 합니다. 이곳에서 제가 할 일은 다 끝났으니까요."

냉철하게 들리겠지만 사실이었다.

애초에 연무흔이 이곳에 온 목적이 무엇이었던가?

'조부님의 생신을 축하하려는 목적도 있지만, 일단 투신

문과 내 이름을 알리려고 한 거였지.'

그리고 그 목적은 아주 성공적으로 이루어졌다.

권룡 하종필을 두들겨 패면서 그의 이름은 중원 전역으로 쫙 퍼졌기 때문이다.

이제 어지간히 소문에 관심을 두지 않는 사람이 아니면 그의 이름을 모르는 사람은 없지 않을까?

'게다가 장씨세가 일도 일단은 장홍동에게 위임해 놨고.'

현재 연무흔과 함께 온 수하인 장홍동은 혼자 떨어져 장씨세가로 향하고 있는 중이었다.

가문을 차지하고, 투신문의 교두보로 삼기 위해서.

본래라면 연무흔과 같이 가려고 했지만…….

'자기 가문의 일이니 자기가 혼자 해 본다고 했으니 말이야.'

연무흔은 부하가 낸 의견을 존중했다.

그의 말과 행동이 자신에 대한 충성심에서 나온다는 걸 모르지 않았기 때문이다.

또, 연무흔 본인이 직접 가서 힘으로 찍어 누르는 것보단 직계 혈통인 장홍동이 혼자 해결하는 게 더 그림이 좋기도 했고 말이다.

"귀주로 돌아가서 할 일이 산더미입니다. 그래도 꾸준히 서신을 보낼 테니 너무 섭섭해하지는 마십시오."

"에잉……."

독고령은 대놓고 아쉽다는 표정을 지었다.

반면에 독고광은 어딘가 불안하다는 표정이었다. 그는 걱정된다는 듯 조심스럽게 말했다.

"형님, 지금 움직이면 수라권종 때문에 위험하지 않겠습니까?"

"응?"

"사건이 일어난 지 얼마 되지도 않았잖습니까. 놈들이 돌아가는 형님을 노리기라도 하면……."

"걱정 마. 오히려 사건이 일어난 지 얼마 안 됐으니 더 안전하니까."

연무흔은 웃으며 독고광의 불안을 종식시켜 주었다.

"생각해 봐. 안 그래도 내가 권룡을 때려눕혔다는 소문이 한참 퍼지는 중인데 이때 내가 수라권종에게 습격을 당하면 무슨 일이 일어나겠냐?"

"수, 수라권종은 큰 비난을 받겠지요. 하지만 몰래 움직일 수도 있는 것 아닙니까?"

"그렇긴 하겠지. 하지만 티가 나는 고수나 무력대는 움직일 수 없을 거다. 끽해 봐야 휘하의 세력을 이용하거나 외부 놈들을 끌어들이겠지."

예를 들면 수라권종처럼 자신에게 원한을 가진 세력들을 말이다.

녹림이라든가, 살막이라든가, 혈천교라든가.

"그, 그것도 위험한 것 아닙니까? 수라권종이 직접 나서지 않는다고 해도……."

"광아."

연무흔은 진지한 표정을 지었다.

"물론 위험하지. 나도 안다. 나는 내가 약하다고 생각하진 않지만, 이 강호에는 강자들이 별처럼 많으니 말이야. 어쩌면 싸우다가 죽을 수도 있다고 생각한다."

"그렇다면!"

"하지만."

연무흔이 차분하게 말을 이었다.

"겨우 그딴 것에 겁먹을 수는 없잖느냐? 고작 그런 놈들에게 겁을 집어먹을 거였으면 처음부터 수라권종의 소종주와 싸우지도 않았어."

진심이었다.

애초에 지금껏 얼마나 많은 적들을 만나 봤는가?

패왕이 패왕이라고 불리기도 전부터, 그는 자신보다 강한 이들과 수도 없이 싸워 봤다.

'그때는 정말 하루하루가 전쟁 같았지.'

사신이라 불리는 살수의 암습을 받아 보기도 했고, 당대 절대 고수의 검에 가슴이 꿰뚫리기도 했다. 정말 죽을지도 모르는 위기를 수도 없이 넘겼다.

'하지만 살아남았고, 이겼다.'

이번에도 마찬가지일 것이다.

상대가 자신보다 강할 수 있다고?

그게 무슨 상관이란 말인가.

결국 이기는 건 자신이 될 텐데 말이다. 패왕이라는 건 바로 그런 존재였다.

남들이 걷지 못하는 패도(霸道)의 길을 걷는 자!

그게 바로 자신이었다. 연무흔은 그런 자신의 태도를 바꿀 생각이 없었다.

"어디 살수를 보내려면 보내 보라고 해라."

"……!"

연무흔의 이야기를 듣던 독고광이 입을 벌렸다.

그의 눈동자는 경악으로 덜덜 떨리고 있었다. 지금 연무흔이 하는 말이 단순히 허세가 아님을 깨달았기 때문이다.

"누가 오든 전부 박살을 내 줄 테니까."

연무흔은 그렇게 말하며 씨익 웃었다.

하지만 손주를 홀로 사지(死地)로 몰 수 없는 게 또 조부의 마음이었다.

연무흔은 거절했지만 독고령은 기어코 연무흔에게 호위 한 명을 붙여 주었다.

마음 같아선 아예 호위대를 대동시키고 싶었지만 연무흔이 너무 난리를 치는 것 같다고 해서 고른 인원이었다.

"또 보는군요, 공자."

"검량 대협."

호위의 정체는 바로 검량이었다.

무극검제 독고령의 측근이자 검문의 간부이기도 한 그는 연무흔과도 인연이 있는 고수였다.

"솔직히 놀랐습니다. 공자를 처음 봤을 때도 대단하다고 생각했지만, 단시간 만에 이 정도까지 성장하실 줄은 정말 몰랐으니까요."

검량은 너털웃음을 터뜨리며 말했다.

진심이었다.

검량이 처음 봤을 때의 그는 고작 삼류 흑도 방파와 아옹다옹하고 있던 시절이었기 때문이다.

장래가 기대되긴 하지만 아직은 햇병아리에 불과한 존재.

딱 그 정도가 연무흔에 대한 평가였다.

그런데 이렇게 빠르게 성장해서 수라권종의 소종주를 두들겨 패기까지 하다니…….

'이분이 검문에 들어오셨으면 얼마나 좋았을까?'

솔직히 이런 욕심까지 났을 정도였다.

물론 연무흔은 그저 가볍게 웃을 뿐이었지만 말이다.

"아마 다음에 볼 때는 더 변해 있을 겁니다."

그때는 좀 더 높은 곳에 올라 있을 수 있겠지.

지금의 성장세만 유지한다면 빠른 시간 안에 전생의 경지를 회복하는 게 가능할 테니 말이다. 검량은 그 말을 허세로 듣지 않고 고개를 끄덕였다.

확실히 연무흔이라면 그런 게 가능할 거라고 생각해서였다.

두 사람은 이런저런 대화를 나누며 귀주로 향했다.

"그렇다면 장씨세가에 들르지 않아도 되는 겁니까?"

"제 수하가 갔으니까요. 알아서 잘하겠지요."

"하지만 그래도 신경 쓰이실 텐데……."

"수하를 믿어 주는 게 주군의 덕목이 아니겠습니까?"

"허어."

"그리고 정 안 될 거 같으면 일단 발을 빼라고 전해 뒀습니다. 장씨세가를 차지하는 것도 중요하지만 제게는 녀석의 목숨이 더 중요하니까요."

검량은 연무흔과 대화를 나눌수록 그가 가진 매력에 빠질 수밖에 없었다.

본래 주군의 손자라서 신경을 쓰고 있던 사람이지만, 연무흔은 개인 대 개인으로 봐도 호의가 생기는 사람이었다.

'역시 은근슬쩍 몇 번 더 권유해 봐야겠어.'

무극검문으로 돌아올 생각이 없냐고 말이다. 검량의 생각엔 연무흔이면 무극검제가 은퇴한 이후에도 훌륭하게 무극검문을 이끌 것 같았다.

그렇게 생각하며 이동하기를 며칠.

"흐음."

"공자, 느끼셨습니까?"

"예. 앞에 적이 있군요."

그들은 한 무리의 적들이 매복하고 있는 길목 앞에 도착할 수 있었다. 두 사람 다 뛰어난 고수인 만큼 매복에 걸리기 전에 알아차린 것이다.

"어떻게 하시겠습니까. 돌아가시겠습니까?"

"이곳을 지나지 못하면 빙 돌아서 가야 합니다. 게다가 어차피 저희가 돌아가면 저놈들이 쫓아올 게 뻔하고요."

이러니저러니 해도 전투는 벌어진다는 말이있다.

그렇다면 차라리 먼저 해결하는 편이 나을 터.

연무흔은 들고 있던 언월도를 단단히 잡고 말에서 내렸다. 투신기가 터져 나오며 가공할 만한 기세를 뿜어냈다.

사납게 웃은 그가 검량에게 물었다.

"누가 더 많이 쓰러뜨리나 내기라도 하시겠습니까?"

"하하."

검량은 그 모습이 기꺼운지 웃으며 고개를 끄덕였다.

"지는 사람이 이기는 사람한테 술이라도 사지요."

"좋습니다."

두 사람은 그렇게 말하더니 동시에 땅을 박찼다.

콰앙!

매복을 향한 두 무인의 신형이 무시무시한 속도로 쇄도했다.

7장

종리학은 혈천교가 은밀히 키워 온 무력대 중 하나의 대주였다.

혈천교의 삼혈성을 따르는 그는 주군의 명을 받고 혈천교의 적인 연무흔을 잡기 위해 매복을 하고 있었다.

준비는 완벽.

말을 타고 있다는 정보를 미리 얻었기에 말이 걷다가 발이 잘려 나갈 함정을 준비했다.

그 밖에도 수하들을 주변에 미리 대기시켜 놨으니 말에서 떨어진 놈을 향해 활을 쏜 다음 천천히 요리할 생각이었다.

하지만 그런 종리학의 생각은 처음부터 깨지고 말았다.

연무흔이 예정된 길로 다가온 건 좋은데, 매복을 눈치채기라도 한 듯 시작부터 말에서 내려 달려들었기 때문이다.

"제기랄! 쏴라!"

종리학은 자신의 계획이 틀어졌다는 걸 인지한 즉시 명령을 내렸다.

쏴아아아악!

수십 발의 날카로운 화살이 자신들을 향해 달려드는 두 무인을 향해 쇄도했다.

종리학은 잔인한 미소를 지었다.

저 화살촉 하나하나엔 소량으로도 몸을 잠시 마비시키는 독이 발려 있었다. 물론 상대는 고수들인 만큼 바로 독이 통하진 않겠지만 스치기라도 하면 움직임이 둔해질 것이다.

한데…….

퍼엉!

그의 기대와는 다르게 화살 세례는 전혀 제 역할을 하지 못했다.

앞으로 뛰쳐나오던 연무흔이 거세게 언월도를 휘두르자 거기서 나온 도풍(刀風)이 주변을 휩쓸어 버렸기 때문이다.

바람을 이기지 못하고 이곳저곳으로 튕겨 나가는 화살들.

"크윽!"

하지만 그들은 다시 활을 쏠 엄두를 내지도 못했다. 어느새 매복해 있는 병력 앞까지 다가온 검량이 빠른 속도로 검을 휘두르기 시작해서였다.

"크아악!"

검랑(劍蝲)은 정말 자신의 별호처럼 도깨비 그 자체 같았다. 그가 한 번 검을 휘두를 때마다 혈천교인 한 명의 목이 떨어졌다.

보다 못한 정예들이 급히 막아 보려고 하지만.

쾅!

"컥!"

그들 또한 이어지는 언월도에 얻어맞고 나무에 처박히고 말았다.

화살을 쳐 내느라 살짝 늦게 도착한 연무흔이 검랑에게 향하던 정예병들을 무차별적으로 공격하기 시작해서였다.

쩌어!

한 번 월도를 휘두를 때마다 제대로 방어하지 못한 교인들이 반으로 갈라졌다.

어마어마한 힘.

그리고 그에 뒤지지 않는 속도와 기세.

이대로 가다간 정말 단숨에 전멸해도 이상하지 않을 것 같았다. 이를 악문 종리학이 앞으로 뛰쳐나갔다.

"놈!"

그는 중급의 잠혈단을 입에 씹어 삼키고는 자신의 기세를 폭발시켰다.

순식간에 두 사람의 시선이 그에게 향했다. 종리학이 내

뿜어 대는 기운은 그만큼 커다랗고 강렬했기 때문이다.

"모두 잠혈단을 취해라! 내가 투룡을 죽일 때까지 시간을 벌어라!"

그는 그렇게 소리치고 자신의 무기인 대검을 휘둘렀다.

부웅!

쾅!

육중한 소리와 함께 두 개의 중병기가 불꽃을 튀기며 맞붙었다. 연무흔은 그를 보며 입가를 비틀었다.

"어디서 온 놈들인지는 말하지 않아도 알 것 같구나. 혈천교의 떨거지가 여기 있다는 건 수라권종 측에서 의뢰를 했다는 거겠지?"

"……!"

종리학의 표정이 삽시간에 굳었다.

자신이 혈천교인이라는 건 당연히 들킬 거라고 생각했지만, 설마 수라권종이 의뢰를 했다는 걸 바로 알아차리진 못할 거라고 생각했기 때문이다.

"흥! 곧 죽을 놈이 그런 걸 알아서 뭐 하겠느냐!"

하지만 종리학은 곧 평정심을 되찾고 자신의 무공, 혈랑검법을 펼쳤다.

마치 늑대가 아가리를 쩌억 벌리는 것 같은 기세와 함께 무시무시한 일격이 이어진다.

평범한 무인이라면 한 번 받아 내기도 힘든 중량감.

거기다 잠혈단을 취해 힘과 내력을 증폭시켰다. 아무리 투룡이 장사(壯士)로 유명하지만 종리학은 자신이 힘으로 밀릴 거라고 생각하지 않았다.

그래.

분명히 그렇게 생각했는데…….

쾅!

"크흑!"

형편없이 뒤로 밀려난 종리학의 얼굴에 경악이 서렸다.

서로의 병장기가 부딪치자 밀려난 건 자신이었으므로.

하지만 놀라고 있을 시간은 없었다. 연무흔의 공격이 계속해서 이어졌기 때문이다.

'꽤 강한 놈이군.'

연무흔은 그렇게 생각하며 투신기를 끌어올렸다.

확실히 적의 수준은 결코 낮지 않았다. 잠혈단을 취하기 전에도 저번에 싸웠던 혈천교인과 비슷했는데, 잠혈단을 취한 지금은 명백히 그보다 강했기 때문이다.

'하지만 달리 말하자면 고작 그놈과 비견될 수준이라는 거야.'

그때와 지금의 자신은 또 많이 달랐다.

연무흔은 정말 시간이 지나면 지날수록 빠르게 성장하고 있었기 때문이다.

이미 그는 귀주현가를 멸문시켰을 때보다도 한 단계 정

도 더 높은 수준에 올라 있었다. 그런 그에게 이 정도 적은 큰 문제도 아니었다.

"제기랄! 놈을 막아라! 어떻게든 틈을 만들어!"

종리학의 명령에 혈천교인들 몇 명이 죽음을 각오하고 덤벼들었다.

명령대로 연무흔에게 달라붙어 약간의 틈이라도 만들기 위해서였다.

서걱!

"……!"

하지만 그러지 못했다.

그들의 검은 제대로 휘두르기도 전에 부러졌고, 간신히 막아 내려고 자세를 잡은 이들도 검째로 토막 나 죽어 버렸다.

아예 언월도의 중량감을 이기지 못하고 박살이 나는 사람도 있었다.

'과연 대단하시군.'

다른 혈천교인들을 상대하며 그 모습을 보던 검량이 감탄을 토했다.

솔직히 지금의 연무흔은 자신이 상대해도 장담하지 못할 만큼 뛰어난 무위를 보이고 있었기 때문이다.

특히 저 언월도에 담긴 힘!

저것은 검량이 보기에도 정말 어마어마했다. 아마 후기

지수, 아니, 무림인들 전체를 통틀어도 저걸 받아 낼 수 있는 사람은 몇 없지 않을까?

'무기째로 적을 으스러뜨리는 공격이라니.'

그야말로 패도적인 무공이라고 할 수 있었다. 자신과 같은 검객은 아니지만 무인으로서 절로 감탄이 나왔다.

"이런 빌어먹을 놈!"

하지만 역시 상대하는 입장에서는 정말 악몽이나 다름없었다.

종리학은 데려온 부하들의 반이 넘는 숫자가 벌써 죽었다는 걸 깨닫고 노성을 내질렀다.

부하들이 죽는 것 자체야 상관없었지만…… 이 정도 전력이 죽었는데 성과를 내지 못한다면 그는 나중에 큰 벌을 받을 게 분명했다.

어떻게든 저 연무흔이라는 놈을 죽여야 했다.

"더 이상 봐주지 않겠다!"

쿠구구구궁!

종리학의 몸체에서 어마어마한 기세가 터져 나갔다. 연무흔은 살짝 인상을 찌푸리고 뒤로 물러서 종리학을 관찰해 보았다.

핏줄이 울긋불긋 서고 근육이 커지는 게 딱 봐도 정상적인 수법 같지는 않았다. 그는 고개를 갸웃하며 물었다.

"폭혈대공(暴血大功)인가."

폭혈대공은 원기를 소모해 일시적으로 강력한 힘을 내는 혈천교의 비술이었다.

똑같이 원기를 소모하는 잠혈단과 폭혈대공을 같이 사용한다는 것은…….

'어떻게든 나를 죽이겠다는 거군.'

우스운 일이었다.

연무흔은 입꼬리를 올리고 적을 바라보았다. 놈은 이미 이성을 잃은 건지 핏발 선 눈으로 대검을 치켜들고 있었다.

대검에는 딱 봐도 어마어마한 힘이 응집되어 폭발적인 기세를 내뿜고 있었다.

어지간해서는 저걸 피한 다음, 반격을 하는 게 좋겠지.

하나.

'우스운 소리.'

고작 저딴 것에 질 만큼 그는 나약하지 않았다.

쿵!

거세게 진각을 밟은 연무흔이 자세를 잡았다. 발바닥, 그리고 하체에서부터 이어지는 폭발적인 힘이 몸을 타고 올라와 언월도의 창날을 뒤덮었다.

"죽어라!"

그와 동시에 종리학이 대검을 내리쳤다. 연무흔은 투신기를 폭발시켜 그에 맞섰다.

꽈아아아앙!

지면을 뒤흔들 만한 충격파가 터져 나가며 주변에 있던 무인들이 뒤로 밀려났다. 모두가 경악한 눈으로 충돌이 있던 자리를 바라보았다.

그곳에는 믿을 수 없는 광경이 펼쳐져 있었다.

"대, 대주님!"

부하 중 하나가 애타게 불렀지만 종리학은 대답할 수가 없었다. 그는 대검을 박살 내고 자신의 몸을 거의 절단한 상처를 멍하니 내려다보았다.

만약 방금 자신의 일격으로 충격을 일부 상쇄하지 못했다면 아예 형체조차 남기지 못하고 짓이겨지지 않았을까?

그게 바로 종리학이 한 마지막 생각이었다.

쿵!

그의 거체가 바닥을 굴렀다. 가볍게 언월도에 묻은 피를 털어 낸 연무흔이 주변을 둘러보았다.

오싹!

그와 시선을 마주친 혈천교의 무인들에게 공포심이 생겨났다.

눈앞에 있는 건 자신들이 결코 감당할 수 없는 괴물이었다. 저걸 상대하려면 다른 대주, 아니, 혈성이 직접 와야만 했다.

"도, 도망쳐야……."

콰직!

무의식적으로 그렇게 중얼거리던 혈천교인의 목이 허공을 날았다. 연무흔은 사납게 웃으며 언월도를 휘둘렀다.

그는 자신의 목숨을 노린 혈천교인들을 그냥 보내 줄 생각이 없었다.

곧 전장에는 비명과 공포만이 가득하게 되었다.

혈천교가 투룡 연무흔을 습격했다는 소문은 삽시간에 쫙 퍼졌다.

마침 그 길을 지나가던 표국 하나가 그들의 싸움을 목격했기 때문이다. 그들은 눈앞에서 펼쳐진 참사를 보고 공포에 떨면서도 그 소식을 여러 정보 조직에게 팔았다.

반응은 당연히 뜨거웠다.

"고작 둘이서 혈천교의 무력대를 무찔렀단 말인가?"

"허어, 믿기지가 않는군."

"심지어 무극검문에서 파견된 호위는 반쯤 구경만 했다고 하네."

안 그래도 투룡 연무흔은 이 강호에서 최근 가장 유명세를 타고 있는 인물이었다.

그런데 그런 이가 무극검문에서 나온 지 얼마 안 되었을 때 습격을 당했다?

한데 습격을 당했는데도 오히려 적들을 전부 박살 내 버리고 상처 하나 없이 완승을 거두었다?

솔직히 믿기지가 않을 만큼 놀라운 이야기였다. 어찌나 놀라운지 이야기를 들은 사람들 사이에서 여러 추측이 나올 정도였다.

"혈천교라는 놈들이 사실 별거 아니었던 게 아닐까?"

"가능성은 있군. 놈들이 활동하던 건 패왕 시대지 지금이 아니지 않나."

"하지만 그렇게 약한 녀석들이 과연 자신 있게 습격을 감행했을까?"

"뒤에서 누군가와 거래를 했다면 충분히 가능성이 있지 않나?"

"누군가라면……."

"당연히 수라권종이지. 최근 투룡에게 원한을 쌓은 세력이라고 하면 놈들밖에 없으니까."

물론 수라권종은 그런 추측에 대해 입에 거품을 물고 반박했다. 자꾸 그런 괴소문을 퍼뜨린다면 가만두지 않겠다는 엄포도 함께였다.

한참 강호가 그 문제로 떠들썩한 와중…….

정작 이야기의 당사자인 연무흔은 이제 투신문에 거의 도착해 있었다. 그가 투신문에 도착할 때쯤 많은 문도들이 모여 그의 귀환을 기다리고 있었다.

"문주님을 뵙습니다!"

대략 쉰 명 정도 되는 이들이 쩌렁쩌렁한 목소리로 연무흔을 환영해 주었다.

연무흔은 웃으며 자신을 반겨 주는 이들에게 인사했다.

"무극검제님의 생일잔치엔 잘 다녀오셨습니까?"

"잘 다녀왔지. 얻은 것도 많았고."

연무흔의 말에 소 총관이 미소와 함께 고개를 끄덕였다.

어차피 의례적으로 한 말일 뿐, 그도 소문을 들어 무슨 일이 있었는지는 이미 충분히 알고 있었다.

"먼 길 다녀오시느라 고생하셨습니다. 오늘 하루는 푹 쉬시면서 여로를 푸시지요."

"좋다. 하지만 그 전에 간단한 보고를 듣고 싶은데. 소 총관, 뭐 특이 사항이라고 할 것은 없었나?"

"특이 사항이라……."

소 총관은 돌아오자마자 일거리를 찾는 연무흔을 보고 어쩔 수 없다는 듯 웃으며 말했다.

"한 가지 있긴 합니다."

"뭐지?"

소 총관의 얼굴이 진지하게 변했다.

"문주님께서 자리를 비우신 사이 사건이 하나 터졌습니다."

"사건이라?"

연무흔의 얼굴에 흥미가 서렸다.
“무슨 사건인지 말해 주겠나?”
“그 전에…… 괜찮으시겠습니까?”
소 총관이 옆에 있는 검량을 흘깃 살피며 물었다.
외부인이 있는데 괜찮냐는 뜻.
피식 웃은 연무흔이 고개를 끄덕였다.
“괜찮네. 검량 대협은 우리 편이야.”
“하하. 어차피 떠날 사람인데 없는 사람 취급해 주시오.”
연무흔은 검량을 보며 피식 웃고는 다시 고개를 돌렸다.
물론 그가 무극검문으로 돌아가면 무극검제에게 이 일을 보고할 것이다.
‘하지만 그렇다고 해도 별 상관은 없지.’
어차피 자신이 일 처리하는 모습 정도는 보여 줘도 아무런 상관없었으니 말이다.
연무흔이 고개를 끄덕이자 소 총관이 진지한 표정을 지었다.
“그렇다면 말씀드리겠습니다.”
그는 잠시 생각을 정리하는 듯 뜸을 들이다 말했다.
“대략 보름 정도 전, 안순(安順)에 있는 정파 문파 둘과 사파 문파 셋이 충돌했습니다.”
“충돌했다면 싸웠다는 소리인가?”
“예. 그것도 상당히 대규모 전투였다고 합니다. 양측에서 각각 수십 명의 사상자가 나왔다고 하더군요."

수십 명의 사상자라?

"그거 심상치 않군. 자칫하면 크게 싸움이 날 수도 있겠어. 하지만 안순에 있는 녀석들이 왜 그렇게 싸움질을 벌인 건가?"

"그것이…… 여인 때문이라더군요."

"여인?"

"그곳에 화화루라는 기루가 있는데, 그곳에 있는 기녀 하나가 미색이 뛰어나고 악기를 정말 잘 다룬다는 모양입니다. 그 기녀에게 반한 정파 문파의 후계자가 고백을 했는데……."

연무흔의 표정이 어이없다는 듯 찡그러졌다. 대충 그림이 그려졌기 때문이다.

"설마 사파 쪽에서도 그녀를 노리고 있던 건가?"

"예. 우연히 그 광경을 목격하게 된 이들끼리 싸움을 벌였다는군요. 당시 싸움 자체는 정파 쪽의 승리였지만 사파 쪽에서 아예 병력을 이끌고 복수를 했다고 합니다."

확실히 심상치 않은 일이었다. 고작 치정 싸움이 문파끼리의 전투가 되다니.

"흠, 그래서?"

"말씀드린 대로 교전이 일어났다고 합니다. 서로 동맹을 끌어들이면서까지 싸운 처절한 전투였다고 하더군요."

"하지만 결판은 나지 않았겠군."

만약 그랬다면 이미 끝난 사건으로 보고를 했을 것이다.

소 총관은 그 예상이 맞다는 듯 고개를 끄덕였다.

"실제로 감정이 상한 사파 쪽 문파가 아예 정파 측의 씨를 말려 버리려고 동맹을 모으고 있다고 합니다. 듣기로는 벌써 상당한 숫자가 모였다고 하고요."

"그렇다면 우리에게까지 이 이야기가 온 이유는……."

"정파 측에서 도움을 요청해서지요. 그들은 본 문이 이번 사태를 중재해 주기를 원하고 있습니다. 물론 보상도 제대로 해 준다고 하더군요."

"중재라."

"일단 곽 호법님께서 어제 출발하신 참입니다. 끼어들기 애매한 감이 있으니 우선은 상황을 좀 더 살펴볼 생각이라고 하시더군요."

"자칫하다간 양쪽의 원한을 살 가능성도 높으니까. 다른 승냥이들의 반응은?"

다른 승냥이들이라고 하면 무림맹이나 남사도련을 뜻하는 말이었다. 안 그래도 그 질문을 기다렸는지 소 총관이 얼른 말했다.

"무림맹은 관망하고 있지만 남사도련의 움직임이 심상치 않다고 합니다. 아마 이번 일을 기회로 자신들의 영향력을 키우려고 하는 게 아닐지 우려됩니다."

"그렇단 말이지."
하긴 충분히 해 볼 만한 생각이긴 했다.
어차피 자신들의 피를 흘리는 게 아니라 남의 피를 흘리는 거고, 성공하면 큰 이득을 얻는 것이었으니까.
"감히 내 영역에서 그렇게 설치다니 마음에 안 들긴 하군."
"어떻게 할까요?"
"내가 내려가 보지."
"지, 직접 말씀이십니까?"
소 총관이 살짝 놀랐다는 듯 되물었다.
이야기를 듣던 다른 이들도 마찬가지였다. 하지만 연무흔은 뭐가 문제냐는 듯 고개를 갸웃했다.
"안 될 건 없지 않나?"
"하지만 주군께선 이제 막 돌아오셨는데……."
"체력적으로는 문제없으니 괜찮아. 게다가 하남에 간 것과 다르게 지금 가는 건 공무를 처리하러 가는 거잖나?"
아예 관련이 없는 사건이라면 모를까.
이번엔 투신문 측에 중재를 요청한 사람이 있지 않은가.
그렇다면 마땅히 움직여 주는 게 도리였다. 결론이 어떻게 나든 말이다.
'그리고 좀 수상하기도 하고.'
아무리 세상일이 이상한 것투성이라지만, 개인이라면

모를까, 문파 단위에서 기녀 하나 때문에 싸운다?

기녀가 무슨 천하제일미라도 되지 않는 이상 불가능한 일이었다.

그리고 그런 미인이라면 진즉 소문이 나서 유명했을 게 분명했고 말이다. 물론 우연일지도 모르지만 어딘가 수상쩍은 부분이 있었다.

"문제가 없으면 이 길로 내려가도록 하지."

사건이 벌어진 안순은 귀양에서 그리 멀지 않은 곳에 위치해 있었다.

말을 타고 며칠이면 도착할 수 있는 곳.

서두르면 그보다 빨리 갈 수도 있을 것이다. 가볍게 다녀오기에는 충분했다.

"공자님은 정말 성실하시군요."

그 대화를 지켜보던 검량이 감탄했다는 듯 말했다.

다른 사람들이 비슷하게 생각했듯 그도 설마 연무흔이 직접 나설 거라곤 상상 못 했기 때문이었다.

"이제 막 돌아왔는데 피곤하진 않으십니까?"

"나름 중요한 일이잖소."

"중요한 일이요? 고작 치정 싸움인데 말입니까?"

"고작 치정 싸움이지만 다른 문파들이 본 문에 중재를 요청한 첫 번째 사건이기도 하지."

한 지역을 지배한다는 건 바로 이런 문제가 있을 때 재깍재깍 해결해 준다는 뜻이었다.

무력으로만 지배자임을 자처하고 나머지는 그냥 방치해 둔다?

그런 세력은 지배자라고 불릴 가치도 없었다. 애초에 지역에 대한 영향력을 행사하기 위해선 이런 과정이 필요했기 때문이다.

"그러니 문주인 내가 직접 나서는 게 맞지 않겠소? 아무리 곽 호법이 나섰다고 해도 나도 함께 있는 편이 좋을 테지."

"제가 거기까지 생각은 못 했군요. 공자님께 한 수 배웠습니다."

"아부는 됐소. 그보다 그대야말로 이곳에서 푹 쉬다 가시오."

어쨌든 자신을 위해서 하남에서 이곳까지 먼 길을 온 사람이니 말이다.

하지만 검량은 고개를 저었다.

"저도 임무를 마쳤으니 이만 돌아가 보려고 합니다. 주군께서 공자님의 소식을 목이 빠져라 기다리고 계실 게 분명하시니, 얼른 가서 전해 드려야지요."

"그래 봤자 하루 이틀 차이인데 무얼."

"하지만 이렇게 열심히 하시는 공자님을 보니 그럴 수가 없군요."

검량이 농담을 하듯 낄낄 웃었다.

"그렇다면 어쩔 수 없지. 살펴 가시오."

"나중에 다시 뵙도록 하겠습니다."

가볍게 인사를 나눈 검량이 떠나갔다.

연무흔은 그가 떠나는 뒷모습을 본 다음 자신도 움직였다.

"이랴!"

목적지는 안순.

투신문에 중재를 요청한 문파가 있는 곳이었다.

혼자가 된 연무흔의 속도는 그야말로 엄청났다.

그는 하남에서 돌아올 때보다 몇 배는 빠른 속도로 안순으로 향했다. 혹시나 자신이 도착하기 전에 먼저 싸움이 벌어질까 우려해서였다.

물론 중간에 습격이 있을까 경계하기도 했지만…….

'적들은 아직 내 위치도 제대로 파악하지 못했나 보군.'

습격을 받는 일은 없었다.

연무흔이 하도 빠르게 움직인 덕분인지 그를 추격하기도 쉽지 않았기 때문이었다. 그래서 그는 며칠 걸리지 않아 안순에 도착할 수 있었다.

"주군?"

안순에 도착한 후 가장 먼저 만난 것은 바로 투신문의

호법인 곽향이었다.

"곽 호법, 그간 잘 지냈나?"

"설마 돌아오시자마자 이곳으로 온 겁니까?"

연무흔을 보자마자 상황을 파악한 곽향이 경악했다.

하지만 연무흔은 뭐가 문제냐며 어깨를 으쓱일 뿐이었다.

"문제가 생겼다길래 바쁘게 달려왔지. 상황은 좀 어때?"

"아슬아슬했습니다. 제가 도착하지 않았다면 며칠 전에 큰 싸움이 났을 겁니다."

"그렇다는 말은, 곽 호법이 오니 일단 싸움은 멈췄다는 소리군?"

"양쪽 다 본 문의 눈치를 봤으니 말이지요. 안 그래도 서로의 말을 들어 보며 상황을 조율 중이었습니다."

곽향은 그렇게 말하고 이곳에 있었던 일을 설명하기 시작했다.

우선 분쟁이 난 정파 문파는 정가장, 그리고 사파 문파는 흑검문이라는 곳이라고 한다.

듣기에는 여인을 가지고 분쟁이 나기도 전부터 사이가 안 좋았다고.

"둘의 활동 영역이 겹쳐서 이런저런 사소한 불만들이 쌓인 모양입니다. 그게 이번에 한 번에 터져서……."

"흐음."

흔하다면 흔한 일이었다.

원래부터 서로 싫어하던 이들이 어떤 사건을 계기로 서로에게 칼을 휘두르는 건 드문 일이 아니었으니까.

'다만 그렇다고 문파의 존망을 걸고 싸울 정도로 사이가 안 좋았나?'

어지간해선 이런 일이 있으면 국지적인 전투 몇 번을 벌이고 끝내는 게 보통이었으니 말이다.

"양쪽의 요구 사항은?"

"서로의 사과와 지금까지 입었던 피해의 배상입니다. 하지만 둘 다 들을 것 같지는 않더군요."

"그렇겠지."

만약 그랬다면 중재를 요청하지도 않았을 테니 말이다.

"마침 오늘 그들을 데리고 회담을 벌이려고 했는데 주군께서도 함께하시지요."

"그러지."

연무흔은 고개를 끄덕이고 밤까지 기다렸다.

곧 늦은 시간이 되자 정가장과 흑검문에서 정예를 이끌고 회담 장소로 찾아왔다. 그들은 연무흔을 소개받고 놀랐는지 자기들끼리 웅성거렸다.

"저자가 그 유명한 투룡인가?"

"듣던 대로 젊은데 기세가 대단하군."

"설마 투신문주가 직접 나올 줄은 몰랐는데……."

자기들 딴에는 속삭인다고 조용히 말했지만 연무흔의

귀에는 그 모든 이야기가 똑똑히 들렸다.

연무흔은 묘한 표정을 지으며 곽향에게 물었다.

"왜 두 세력이 모였는데 회담을 시작하지 않는 거지?"

"듣자 하니 그날 있었던 일을 증언하기 위해 기녀를 불렀다고 합니다."

"기녀를? 지금 그 콧대 높은 무림 문파들이 기녀 하나를 기다리기 위해 이렇게 대기하고 있다는 말인가?"

뭔가 이상했다.

보통은 먼저 부르거나, 혹은 늦게 온다고 해도 그냥 증언만 듣지 않나?

아무리 정파인이라고 해도 무림인들은 기본적으로 무공을 익히지 않은 이들을 깔보는 경향이 있었다.

특히 기녀나 점소이 같은 약자들을 상대로는 더 그랬다.

그런데 그런 사람을 기다리느라 회담을 시작하지 않는다고?

"곽 호법, 뭔가 이상하다는 생각이 안 드나?"

낭인으로 활동하며 강호 경험이 풍부한 그라면 분명 이 위화감을 눈치챘을 텐데 말이다.

하지만 돌아오는 답은 의외의 것이었다.

"예? 뭐가 말입니까?"

"……."

정말 모르겠다는 듯 고개를 갸웃하는 곽향.

연무흔은 그런 곽향의 반응을 보고 입꼬리를 비틀었다.
“함정이었군. 처음부터 그랬어.”
“예?”
그게 무슨 소리냐는 곽향의 말에 대답해 주기도 전이었다.
띠링.
어디서 현을 당기는 소리가 들려왔다.
그에 그 자리에 있던 모두가 입을 다물었다.
순시간에 고요해진 회담장.
연무흔은 주변에 멍한 표정의 무인 수십을 대동한 채 회담장으로 들어오는 이를 바라보았다.
아름다운 여인이었다.
긴 머리를 동여매고, 화려한 상신구로 몸을 치장하고 있었다. 하지만 가장 눈에 띄는 건 그녀가 들고 있는 고풍스러운 비파였다.
여인은 연무흔을 향해 살짝 무릎을 굽히며 예를 취했다.
“반갑습니다, 투신문주님. 소녀는 예화라고 한답니다. 이렇게 만나 뵙게 되어 영광…….”
여인의 말은 이어지지 못했다.
사악!
연무흔의 품속에 숨겨져 있던 단검이 그녀를 향해 쏘아졌기 때문이다.
기겁하며 비파를 튕기는 예화.

띠링! 쾅!

그녀의 연주에 따라 음파가 터져 나가며 날아오던 단검이 허공에서 튕겨 나갔다.

동시에 그 자리에 있던 수십 명의 시선이 연무흔에게 꽂혔다.

남들이라면 오금이 저릴 만한 무시무시한 경험이었지만, 연무흔은 코웃음을 치며 적의 어린 시선을 웃어넘길 뿐이었다.

그는 대신 언월도를 치켜들며 입을 열었다.

“음마종(音魔宗)의 후손이 내게 무슨 볼일이냐?”

“……!”

예화의 눈동자가 사정없이 떨렸다.

그 눈빛에 담긴 감정은 명백한 당황이었다.

“그걸 어찌?”

“소리로 사람들의 이지를 상실하게 하고 조종하는 건 음마종의 주특기지.”

“본 종에 대해서 잘 아시나 봐요?”

“알 만큼은 안다.”

음마종.

그것은 패왕 시절 활동했던 무림 종파 중 하나로, 패왕의 부하였던 탈백마녀(脫魄魔女) 오현화가 바로 그곳 출신이었다.

'정작 그녀는 음마종과 사이가 별로 안 좋았지만.'

어쨌든.

부하 중에 음마종 출신이 있었던 만큼 그는 음마종에 대해 꽤 잘 알고 있었다.

그리고 음마종이 이 시대에 없다는 것도 말이다.

'아예 망해서 사라진 줄 알았는데…….'

이렇게 나타난 걸 보면 아직 명맥이 이어지고 있는 걸까?

"설마 본 종에 대해서 알고 계실 줄은 몰랐네요."

예화가 살짝 당황했다는 듯 중얼거렸다.

하지만 그것도 잠시.

"그렇다고 다짜고짜 공격을 하실 줄은 더 몰랐지만요."

"당연한 것 아닌가? 너는 내 부하를 먼저 건드렸어."

"그 점에 대해서는 사과드리죠. 하지만 만약 가만히 있었더라면 문주님을 뵙기도 전에 일이 어그러졌을 거예요."

"나를 만나기 위해서 기다리고 있었던 건가?"

"예. 생각보다 훨씬 빨리 오신 건 의외였지만요."

연무흔의 미간이 좁혀졌다.

"어째서지?"

"문주님께 제안드리고 싶은 게 있어서예요."

"제안?"

"예. 저희와 손을 잡지 않으실래요?"

연무흔이 피식 웃었다.

"요즘 너무 많이 들어서 새삼스럽지도 않은 말이군. 손을 잡는다는 건 곧 동맹을 맺지 않겠냐는 의미겠지?"

"예. 정확히 보셨어요."

"어째서 그런 제안을 하는 거지?"

연무흔은 날카로운 눈으로 예화를 바라보았다.

"동맹이라는 건 상대방이 필요하기 때문에 맺는 거다. 그러니 그런 제안을 하는 건 내가 필요해서겠지."

"……."

"강호에서 제대로 활동하지도 않는 음마종이 어째서 나와 힘을 합치려는 거지? 먼저 그 이유를 듣고 싶군."

"과연…… 소문대로 머리가 비상하신 분이시군요."

예화가 감탄했다는 듯 말했다.

"좋아요. 말씀드리죠. 일단, 저는 음마종을 대표해서 이 자리에 나온 게 아니에요. 저희는 현재 다른 세력에 속해 있거든요."

"그게 어디지?"

"일월신교랍니다. 벌써 수십 년은 된 이야기지요."

"……!"

연무흔의 눈이 날카로워졌다.

음마종이 일월신교의 밑에 있다니, 이건 생각지도 못한 일이니까.

동시에 어째서 그들이 강호에 모습을 드러내지 않는지

알 것만 같았다.

일월신교, 즉, 명교는 중원에서 조금 떨어진 광동의 십만대산에서 잘 벗어나지 않았기 때문이다.

그러니 그 하부 조직이 된 음마종도 그간 조용히 지낸 것일 터.

"그렇다면 명교가 내게 동맹을 청한 건가?"

"말하자면 그렇지요. 그걸 위해서 이런 자리를 준비한 것이고요. 그래서, 어떤가요?"

"너는 아직 아까 내 질문에 답하지 않았어."

어째서 동맹을 맺으려는 거냐는 그 말.

예화는 다른 커다란 사실을 터뜨려 교묘하게 그 질문을 피해 가려고 했다. 하지만 그걸 놓칠 연무흔이 아니었다.

"으음, 그건 저도 잘 모르겠군요. 신교의 높으신 분들이 당신에게 흥미를 가져서가 아닐까요?"

예화는 모른다고 대답했지만 연무흔은 저 말을 믿지 않았다.

그녀는 아무리 봐도 뭔가 숨기는 게 있는 것 같았으므로.

게다가…….

그는 이전에 들었던 혜령의 말을 떠올려 보았다.

'명교는 분명 패왕성의 후예들을 모으고 있을 가능성이 크다고 했지.'

어쩌면 지금의 이 권유도 그 활동의 일부일 가능성이 있었다.

아니, 거의 확실하겠지.

'명교 측에서 벌써 찾아온 건 좀 의외긴 하지만.'

어찌 되었든 답은 정해져 있는 것이나 마찬가지였다.

"거절하지."

"흐음."

예화가 마음에 안 든다는 듯 아미(蛾眉)를 찡그렸다.

"정말 그렇게 나오실 건가요?"

"설마 거절당할 거라는 건 생각도 못 했나?"

"제가 어디서 나왔는지 알게 되시면 그럴 확률은 현저히 적을 거라고 생각했죠. 신교가 어떤 곳인지 모르지는 않으시죠?"

현 무림 중 가장 강력한 단일 세력으로 알려진 게 바로 일월신교였다.

한데 아무리 한 지역을 차지했다고 해도, 만들어진 지 얼마 안 된 조직의 우두머리 따위가 신교의 제안을 거절하다니?

솔직히 예화로선 이해할 수가 없었다.

하지만…….

"명교가 어떤 곳이든 간에, 내 대답은 바뀌지 않는다."

연무흔은 그렇게 말하며 기세를 방출했다.

'무슨……?'

순간 예화의 등골에 서늘한 기운이 훑고 갔다.

그녀는 땀방울을 떨어뜨리며 연무흔을 바라보았다. 지금 그에게서 느껴지는 기세가 너무 흉흉했기 때문이다.

'이게 고작 이십 대 애송이가 낼 수 있는 전력이라고?'

믿기지가 않는 수준이었다.

하지만 그렇다고 순순히 물러날 수는 없는 법.

"……용서하시길. 조금 무례를 저질러야겠네요."

그녀는 심호흡을 하며 비파의 현을 튕겼다.

띠링.

"……!"

동시에 멍하니 있던 무인들의 표정이 바뀌었다.

그들에게 피어오르는 건 적의.

수십 쌍의 눈빛이 연무흔 하나만을 향해 겨누어진다. 하지만 연무흔은 피식 웃으며 그녀를 바라보았다.

"상당히 무리를 하고 있군. 아무리 음마종의 제자라도 이만한 숫자의 고수들을 조종하긴 힘들 텐데 말이야."

"……!"

"아마 여기 있는 정파나 사파 놈들은 오랜 시간을 들여 세뇌를 한 거라고 해도…… 곽 호법이나 남사도련의 세뇌는 그리 깊지 않겠지. 그렇다면."

쿠구구구궁!

투신기가 일렁이며 사방에 투기가 뻗어 나갔다.

연무흔은 언월도를 내려놓고 양 주먹을 들어 올리며 말했다.

"정면으로 박살 내 깨부수면 그만이다."

"……!"

띠링.

연무흔의 선언에 예화가 현을 튕겼다.

타다닷!

그와 동시에 그를 향해 달려드는 정가장, 그리고 흑검문의 무인들.

그 기세는 자못 살벌했다.

하지만…….

'죄다 잔챙이군.'

굳이 따져 본다면 이전에 상대했던 적도방 무인들 수준이었다.

이 정도면 정말 두 주먹만으로 충분할 터.

연무흔은 투신기를 끌어올리며 가장 먼저 앞에 도달한 이의 복부를 후려쳤다.

쾅!

"커헉!"

헛숨을 내뱉은 정가장 무인의 눈빛에 생기가 돌아왔다. 하지만 그를 신경 쓸 틈은 없었다.

파바박!

"이, 이게 무슨!"

예화가 경악했다는 듯 소리쳤다.

자신의 무기를 들지도 않았는데, 연무흔은 마치 양 떼 속에 들어간 늑대라도 되는 것처럼 전장을 휘저었기 때문이다.

한 번 주먹을 휘두를 때마다 무인 한 명이 눈을 뒤집어 까며 기절한다.

단지 쓰러뜨릴 뿐인가?

아니, 아니다. 그가 내지른 주먹에 있는 투신기가 예화가 심어 둔 세뇌를 깨부쉈다. 아마 저렇게 기절하고 일어난 이들은 이전처럼 마구 조종할 수 없으리라.

순식간에 절반 이상이 쓰러진 상황.

이걸 가만히 보고만 있을 수는 없었다. 예화가 이를 악물고 연주를 시작했다.

스릉!

그와 동시에 각자 무기를 뽑고 달려드는 남사도련의 무인들.

'흐음.'

이들은 그래도 정가장이나 흑검문의 무인들에 비하면 상당히 정예하긴 했다.

특히 이들의 우두머리는 꽤 수준 높은 고수기도 했고.

'하지만 조종당하고 있어서 제 실력을 못 내고 있군.'

그렇다면 역시 대처는 간단했다.

쿵!

연무흔은 거세게 진각을 밟으며 주먹에 투신기를 끌어올렸다.

내지르는 것은 평범한 일권.

콰콰콰쾅!

하지만 그 위력은 전혀 평범하지 않았다. 허공에 내뻗은 그 일권은 거대한 용권풍(龍拳風)을 일으키며 달려드는 모두를 휩쓸어 버린 것이다.

"크윽!"

내력이 약한 자는 튕겨 나갔고, 어느 정도 수준이 높은 자도 버티지 못하고 몇 걸음 물러날 수밖에 없었다.

연무흔은 그들을 향해 다시 손바닥을 뻗었다.

격공장.

순식간에 손바닥에 내력을 집중시켜서 터뜨리는 이 초식은 그나마 버티고 있던 이들도 순식간에 쓸어버렸다.

'생각보다 더 강하군. 좋지 않아…….'

예화는 식은땀을 흘리며 비파에 손을 올렸다.

현란한 연주가 시작되며 그녀의 음공이 발동되었다.

어차피 세뇌는 통하지 않을 게 뻔하니, 그녀가 선택한 것은 바로 직접 연무흔을 공격하는 것.

무시무시한 힘이 담긴 음파가 터져 나가며 연무흔을 덮

쳤다.

하지만 연무흔은 코웃음을 치며 그녀의 음공을 상쇄해 버릴 뿐이었다. 연무흔이 진각을 밟았다. 순식간에 그에게 어마어마한 힘이 집중되었고.

이내, 쾅!

“커헉!”

멀리서부터 날아온 충격파를 맞은 예화가 피를 토했다.

하지만 그녀는 비틀거리면서도 현을 연주하는 것을 멈추지 않았다. 무시무시한 음파가 터져 나오며 남아 있던 적들의 기세가 뒤바뀐다.

아무래도 최후의 수를 쓴 걸까?

다들 눈빛이 사나워지며 공격성이 증가되었다. 심지어 이번엔 잠시간 가만히 있던 곽 호법도 나서서 연무흔을 공격할 정도였다.

하지만.

쿠콰콰콰쾅!

그들의 공격은 덧없이 막히고 말았다.

연무흔이 끌어올린 투신기가 거대한 막을 형성하면서 주변에 있는 것들을 휩쓸었기 때문이다.

곽향만이 유일하게 그 막을 뚫고 덤벼들어 왔지만 기다리고 있는 건 매서운 주먹이었다.

쾅!

그의 복부에 큼지막한 주먹이 때려 박혔다. 곽향이 놀란 듯 헛숨을 내뱉고, 연무흔은 그대로 그의 옆구리를 걷어찼다.

쿠당탕탕!

조금의 반항조차 하지 못하고 튕겨 나가는 곽향.

"이, 이 괴물 같으니……."

예화는 공포에 질린 눈으로 연무흔을 바라보았다.

자신이 준비한 백에 가까운 병력들이 단 일각도 걸리지 않고 거의 전멸했다.

심지어 그중에는 초절정 고수가 섞여 있었음에도!

물론 그 전력은 조종당해서 본 무위의 절반도 보이지 못하고 있었다고 하나, 어쨌든 초절정 고수는 초절정 고수였다.

자신이 전력을 다해서 세뇌한 이까지 저렇게 가볍게 제압할 줄이야?

'심지어 무기도 쓰지 않았잖아!'

그녀가 알기로 투룡 연무흔은 거대한 언월도로 상대를 분쇄하는 방식으로 싸우는 무인이라고 들었다.

한데 두 주먹만으로 이런 일을 벌이니 경악하지 않으려야 않을 수가 없는 것이다.

"자, 그럼 이제 대화를 할 준비가 된 것 같군."

연무흔은 희미하게 웃으며 예화에게 다가갔다.

하지만 그 순간이었다.

멀리서부터 뾰족한 암기들이 수십 개가 날아와 연무흔의 혈을 노렸다.

"흥!"

쩌저적! 콰앙!

물론 연무흔은 가볍게 발을 구르는 것만으로 암기를 막아냈지만 말이다. 연무흔이 암기를 발사한 이를 바라보았다.

암기를 날린 이는 이미 다급하게 예화의 뒷덜미를 잡아채고 자리에서 벗어나고 있었다.

'호오.'

꽤나 경공술이 빠른 인물이었다.

순간 그조차 움직임을 놓칠 뻔했을 정도로.

연무흔은 잠시 그들을 쫓을까 고민했다. 만약 쫓겠다고 마음먹으면 충분히 뒤를 쫓을 수 있을 것이다.

하지만.

"으윽……."

"커흑, 왜 내가 여기에 있는 거지?"

그는 대신 슬슬 세뇌에서 깨어난 사람들을 돌아보았다.

기껏 살리려고 주먹을 썼는데, 만약 자리를 비웠다가 이들이 다른 적에게 몰살당하기라도 하면 일이 귀찮아질 것이었다.

"이게 무슨…… 주, 주군?!"

정신을 차린 건 곽향도 마찬가지였다.

그는 잠시 무슨 상황인지 파악해 보려고 생각하다 이내 얼굴이 새파랗게 질렸다.

아마도 무슨 일이 벌어졌는지 깨달은 것일 터.

"곽 호법, 일어났나?"

연무흔은 피식 웃으며 곽향의 어깨를 툭툭 두드려 주었다.

"자네는 삼 개월 감봉이야."

"옙……."

곽향의 얼굴이 시무룩해졌다.

8장

"예화, 괜찮나?"

"자, 장 오라버니……."

예화는 자신을 안고 달리는 사내를 보고 힘겹게 입을 열었다.

"오라버니께서 저를 구해 주신 건가요?"

"그래."

"노, 놈은요? 투룡은 쫓아오지 않나요?"

"아무래도 혹시 다른 동료가 있을까 경계해서 쫓아오지 않았나 봐."

"아아!"

예화가 다행이라는 듯 안도의 탄성을 내질렀다. 장 오라버니라고 불린 사내는 주변을 살피고는 조심스럽게 예화를 내려놓았다.

"도대체 어떤 놈이었길래 네가 그렇게 당할 뻔한 거야? 나는 마지막에나 와서 제대로 보지 못했어."

"그, 그야말로 괴물이었어요."

예화는 생각만 해도 무섭다는 듯 몸을 부르르 떨었다.

"백 명에 가까운 무인이 일각도 안 되는 시간 만에 전멸할 뻔했어요. 심지어 놈은 제대로 무기를 쓰지도 않았는데!"

"원래 권법에도 일가견에 있던 게 아닐까?"

"그렇다 하더라도 실력이 뛰어난 건 마찬가지잖아요. 솔직히 이것도 봐줘서 이 정도로 끝났지, 만약 진심으로 저를 죽이려고 했다면……."

생각만 해도 등골이 오싹해졌다.

그랬다간 정말로 자신은 끝장이었을 테니까.

직접 본 연무흔은 정말 그럴 수 있는 능력을 가진 사내였다.

그녀는 정말 까딱하면 죽을 뻔한 것이다.

"정말 고마워요, 오라버니. 오라버니가 없었더라면……."

"아니야. 너를 지키는 게 내 일인데. 오히려 늦게 와서 미안해."

"아니에요. 만약 오라버니가 처음부터 합류하고 계셨더라면 상황이 더 나빠졌을 수도 있었을 거예요."

만약 그까지 당했다면 정말 도망칠 희망도 하나 없이 붙잡혔을 테니 말이다.

사내의 표정이 심각해졌다.

연무흔의 전력이 정말 그 정도라면 이는 보통 일이 아니었기 때문이다.

"일단 상부에게 보고를 해야겠군. 녀석을 회유하는 데 실패했다고."

"죄송해요, 오라버니."

"네 탓이 아니니까 너무 자책하지 말거라. 단지 상대가 안 좋았을 뿐이지. 설마 신교와 같은 편이 되자고 하는데 거절하는 녀석이 있을 줄이야."

"윗분들이 어떻게 반응할까요?"

사내가 잠시 고민하다 대답했다.

"아마 몇 번 더 회유를 하려고 하겠지."

"이런 상황을 겪었는데도요?"

"그냥 포기하기에는 녀석의 전력이 매력적이야. 게다가 아직 나이도 어리지 않느냐? 앞으로 성장할 걸 생각해 보면 저 녀석을 포기하는 건 쉬운 일이 아니야."

아마 이건 일월신교뿐만이 아니라 중원에 있는 수많은 세력들이 하고 있는 생각일 것이다.

어떻게든 자기편으로 삼고 싶어 하겠지.

하지만 아직 그중 성공한 것은 북사도련밖에 없었다. 그나마 남은 후보들 중에 가능성이 있는 건 무극검문 정도일까?

"하지만 그렇게 몇 번을 해도 넘어오지 않는다면……."

상황이 그리된다면 이야기는 달라졌다.

"그때는 제거해야지."

"……!"

"당연한 일이야. 그냥 중립을 고수하면 모를까, 녀석이 만약 곤륜(崑崙)에 붙기라도 한다면 큰일이니까."

상대는 앞으로 거목(巨木)이 될 게 분명한 인물이었다.

한데 그 거목이 그들의 앞을 가로막는 장애물이 될 것이라 확실시된다면?

'아쉽지만 밑동을 자르는 수밖에 없지.'

미처 손을 쓰기 늦어지기 전에 말이다.

사내의 눈동자가 한없이 차가워졌다.

"저희 정가장에서 정말 큰 은혜를 입었습니다, 대협."

"흑검문 또한 마찬가지입니다. 덕분에 그 마녀의 손에서 벗어날 수 있었습니다."

정신을 차린 정가장과 흑검문 사람들이 일제히 고개를 조아렸다.

무척이나 극진한 태도였다.

일단 연무흔이 그들을 구해 준 것도 구해 준 것이지만…….

'조금이라도 까불면 죽는다!'

그가 두 주먹만으로 백 명에 가까운 이들을 때려눕히고 예화의 음모를 저지한 걸 기억해 내서였다.

사실 별로 고맙지 않다고 해도, 그런 사람에게 뻗댔다간 무슨 일이 벌어질지 모르는 상황.

그러니 두 문파는 연무흔을 상전처럼 모실 수밖에 없었다.

특히나 지금은 그가 언월도를 들고 있으니 더욱 그랬다.

"두 문파가 정상적으로 돌아오게 되어 다행이오. 아마 지금은 좀 혼란스러운 사람들도 시간이 지나면 괜찮아질 것이오."

연무흔은 그런 이들의 생각을 아는지 모르는지 담담한 목소리로 말했다. 그는 두 문파 사람들을 바라보며 말했다.

"이제 남아 있는 문제는 없는 것 같소만, 내 말이 맞소?"

이들이 싸웠던 이유는 음마종, 아니, 일월신교의 음모 때문이었다.

하지만 이제 그 음모의 주동자인 예화가 사라졌으니 그들이 싸울 일도 없는 것이다.

원래 사이가 안 좋았던 것?

지금은 굳이 그걸 가지고 따질 필요는 없었다. 사이가 안 좋았다고 하나 지금처럼 서로 죽이려고 들지는 않았기 때문이다.

물론 거기에 대해서 중재를 요청해도 기꺼이 받아 줄 생각이었지만…….

"무, 문주님의 말씀이 맞습니다. 이번 일은 다 그 정체를 알 수 없는 마녀 탓 아닙니까?"

"마녀한테 홀려서 그렇게 된 것이니 더 문제라고 할 만한 것도 없지요."

정가장과 흑검문은 거기까지는 원하지 않는 듯했다.

아니, 그걸 떠나 그저 연무흔과 관련되는 것을 꺼리는 듯했다. 자칫 그에게 밉보였다가는 정말 문파가 통째로 사라질 수도 있다는 걸 깨달아서였다.

"그렇다면 다행이군. 앞으로는 이런 일이 없도록 좀 서로에게 양보도 하고 그러고 지내시오."

"……명심하겠습니다."

전혀 명심한 표정은 아니었지만 더 잔소리를 퍼부어 봤자 저들이 들어 먹을 리가 없었다.

연무흔은 이만하다면 충분하다고 생각했다.

어찌 되었든 대규모 인명 피해가 날 뻔한 사건도 막았고 명교의 음모도 분쇄했으니 말이다.

콩고물을 노리고 온 남사도련의 무인들은 벌써 내뺀 지 오래였다.

상황을 잘 모르는 외부에서 본다면 투신문이 일을 제대로 처리했다고 생각할 것이다.

그러니 그가 아쉬울 것은 없었다.

'게다가 보답도 꽤 받았고.'

정가장과 흑검문 측에서는 자신들을 마녀의 손에서 구해 줬다면서 꽤 많은 재물을 약속한 상황이었다.

이 정도면 첫 출장의 대가로는 충분했다.

덤으로 일월신교의 움직임도 확인했으니 충분히 이득이라고 할 수 있었다.

물론…….

"……할 말이 없군요. 정말 죄송합니다, 주군."

그건 연무흔의 입장에서였지, 먼저 온 곽향은 이번 일로 크게 자책하고 말았다.

처음에는 너무 놀라서 무슨 일인지 바로 파악하지 못했지만, 어느 정도 시간이 지나고 상황을 파악하자 자신이 어떤 실수를 겪었는지 깨달았기 때문이다.

"죄송하긴. 이미 끝난 일을 가지고 뭘 그리 죽상이야?"

"하지만 제가 주군께 폐를 끼쳤으니……."

"그래서 삼 개월 감봉 처분을 내렸잖나."

"그렇긴 하지만…… 저는 제가 더 큰 벌을 받아야 한다고 생각하여."

"곽 호법, 설마 내가 내린 결정을 부정할 셈인가?"

"……!"

화들짝 놀란 곽향이 고개를 숙였다.

"절대 그런 건 아닙니다. 다만……."

"그런 게 아니면 그냥 받아들여. 난 이 문제로 가타부타 더 떠들 생각이 없으니까."

연무흔의 단호한 말에 곽향이 고개를 숙였다.

"알겠습니다."

"지금은 그보다 앞으로의 대응책을 짜는 게 낫겠군."

"그 여인이 사용하던 세뇌술을 말씀하시는 겁니까?"

"아니. 그건 어차피 별 위협이 안 돼. 어차피 자주 쓸 수 있는 방법이 아닐 테니까."

모든 음마종의 무인들이 이런 식으로 사람을 조종할 수 있는 건 아니었다.

그럴 수 있었다면 강호는 진즉 그들의 손에 떨어졌을 터.

예화가 사용한 건 음마종 내에서도 소수의 인원만이 알고 있는 비전절기에 가까웠다.

게다가 확실하진 않지만 그녀가 가지고 있는 비파는 특수한 힘이 깃들어 있는 신물(神物)인 것 같았다.

그렇지 않으면 어지간해서는 초절정의 무인을 세뇌하진 못했기 때문이다.

'하지만 그런 행동에 대가가 없을 리가 없지.'

아마 진원진기를 소모한다든가, 사용 횟수가 정해져 있다든가 하는 부작용이 있을 것이다.

게다가 한 대 치면 바로 풀리기까지 하니…….

효율은 극악에 가까운 수준이었다.

'나를 세뇌하려는 시도조차 안 한 걸 보면 강자나 정신력이 강한 사람한테는 통하지도 않을 테고.'

게다가 연무흔에게는 그런 공격을 막아 낼 또 다른 방법이 있었다.

그러니 별로 위협이 되지 않는다는 것이다.

"그렇다면 대응책이라 하심은……."

"일월신교에 관한 것이지."

일월신교라는 이름이 나오자 곽향의 얼굴이 딱딱하게 굳었다.

이는 솔직히 보통 일이 아니었으니까.

당연했다.

일월신교는 현시대의 무림 세력 중 가장 강력한 단일 세력이었다. 그렇게 강력한 세력이 투신문을 노린다고 하니 신경이 쓰일 수밖에 없었다.

"놈들이 어째서 주군을 노린 걸까요?"

"아마 나뿐만이 아닐 거다. 진호나 아직 드러나지 않았지만 홍동, 혹은 곽 호법도 목표가 될 가능성이 커."

"예?"

"놈들은 과거 패왕과 관련이 있는 사람들을 모으고 있다고 하는군."

연무흔은 북사도련과 동맹을 맺기 전 혜령에게 들었던 이야기를 요약해서 들려주었다. 그 이야기를 들은 곽향이 입을 벌렸다.

"그렇다면 명교에서 패왕성을 부활시키려고 한다는 말씀이십니까?"

"아마 그럴 가능성이 크지. 공교롭게도 우리랑 목표가 겹치는군."

연무흔이 피식 웃었다.

반면에 곽향의 표정은 점점 더 안 좋아졌다. 만약 저 말이 사실이라면 앞으로 일월신교와의 충돌은 기정사실이나 다름없었기 때문이다.

"뭘 그리 놀라고 그래? 어차피 언젠가는 뛰어넘어야 할 장애물이었는데."

"……!"

"투신문이 위로 가기 위해서는 지금 위에 있는 이들을 다 추월해야 해. 그러니 앞으로 놈들과 충돌한다고 해도 특별할 건 없지."

연무흔이 담담하게 말했다.

곽향은 그런 연무흔을 바라보며 조용히 예를 취했다.

분명 어마어마한 일임이 분명한데 이렇게 담담하게 말할 수 있는 자신의 주군이 대단하게 느껴져서였다.

'역시 평범한 사람과는 그릇이 다르시구나.'

곽향은 속으로 감탄했다.

그의 주군은 절대 저런 허세를 부리는 사람이 아니었으

므로.

그러니 언젠가 일월신교를 뛰어넘겠다는 말도 진심일 것이다. 실로 대단한 자신감이었고, 대단한 포부였다.

"하지만 그게 지금 당장은 아니지. 지금 싸우면 우리는 덩치 차이로 밀릴 게 뻔하니까. 그리고 저쪽도 바로 덤비지는 않을 거야. 나를 완전히 적대하기엔 탐이 날 것이거든."

오만한 말이긴 했지만 사실이었다.

곽향이 생각하기에도 그런 판단을 내릴 것 같았으니까.

그만큼 연무흔은 대단한 인재였다. 만약 조직을 이끄는 자라면 누구나 군침을 흘리며 가지고 싶어 할 것이다.

"아마 몇 번 더 접촉하고는 간을 보겠지. 우리는 그사이에 최대한 덩치를 키워서 놈들과 싸울 수 있게 준비한다."

"예, 주군."

곽향이 고개를 끄덕였다.

이견(異見)은 없었다. 아들의 목숨을 빚진 이후, 그는 연무흔이 볏짚을 지고 불속으로 뛰어들어 가라고 해도 따를 용의가 있었다.

"돌아가면 단체로 훈련이라도 해야겠군."

연무흔은 그렇게 중얼거리고 말을 몰았다.

그의 머릿속엔 이미 어떻게 투신문의 전력을 강화할까에 대한 생각이 가득했다.

한데.

"흐음."

그는 곧 가던 길을 멈추고 앞을 바라볼 수밖에 없었다.

'녹림인가?'

딱 봐도 산적처럼 생긴 수십 명의 장정들이 그가 가는 길 앞에 모여 있었기 때문이다.

[주군, 먼저 공격할까요?]

슬쩍 검에 손을 가져다 댄 곽향이 전음으로 물었다.

그에 연무흔이 무어라 답하려고 할 때였다.

산적들 사이에서 누군가 튀어나와 환하게 웃었다.

"드디어 뵙는군요, 은인."

연무흔은 그렇게 나타난 청년을 보고 살짝 놀란 표정을 지었다.

꽤 의외의 인물이 눈앞에 있었기 때문이었다.

"구령채주의 아들 적호원이 은인을 뵙습니다."

적호원은 그렇게 말하고 깊게 고개를 숙였다.

적호원.

그는 이전에 연무흔에게 목숨을 빚진 자로, 녹림에서 숙청당해 도망치고 있던 청년이었다.

'내가 놈들을 쓰러뜨렸으니 살아 있을 거라고 생각하긴 했는데.'

설마 이렇게 다시 만나게 될 줄은 몰랐다.

연무흔은 신기하다는 듯 청년을 바라보았다. 역시 인연

이란 모르는 일이었다.

"오랜만에 보는군. 그간 잘 지냈소?"

"은인님 덕분이지요. 은인님께서 원수들을 물리쳐 주신 덕분에 아버지를 따르던 형제들을 구출할 수 있었습니다."

아무래도 뒤에 있는 산적들이 바로 그들인 모양이다.

연무흔이 고개를 끄덕였다.

"그거 잘됐군. 그러면 새로운 구령채를 재건한 거요?"

"맞습니다. 하지만 저희는 이제 녹림도가 아니지요."

하긴 녹림에게 토사구팽을 당했는데 또 녹림도를 자처하진 않을 것이다.

"그렇다면?"

"일단은 저희 스스로를 호림문(護林門)이라 부르고 있습니다. 녹림과는 다르게, 산에 들어온 이들을 보호하고 안전하게 지나갈 수 있게 돕고 있지요."

적호원은 그렇게 말하고 눈을 빛냈다.

"현재는 험난한 산속에 산채를 지어 숙박료를 받고 재워주고 간단한 식사를 제공하는 일을 하고 있습니다. 일종의 산속 객잔 같은 것이지요. 아직은 녹림과 저희를 혼동해서 그렇게 많은 손님이 찾지는 않지만…… 길을 닦고 여러 사람들에게 알리다 보면 점점 사정이 나아질 거라고 생각합니다."

"훌륭하군."

'산속에서 길을 관리하고 숙박과 식사를 제공하는 문파라.'

표국이나 상단 같은 곳과 계약을 맺어 잘만 해 보면 꽤 괜찮은 수익을 얻을 수 있을 것이다.

표국 측에서는 산속에서 노숙하지 않아서 좋고, 저들이 있다면 녹림을 만날 우려도 줄어들어서 좋을 테니까.

"다만 자리를 잡기가 무척 힘들 것 같소."

하지만 그것은 어디까지나 일이 잘 풀렸을 때의 이야기였다.

만약 찾아 주는 사람도 없고 돈이 안 된다고 판단된다면 저들은 평범한 녹림도로 돌아갈 확률이 높았다.

'거기까진 내가 신경 쓸 바가 아니지만.'

하지만 그렇다고 해도 자신의 영역 내에서 녹림도가 설치는 걸 두고 볼 생각은 없었다.

그런 연무흔의 생각을 아는지 모르는지 적호원은 진지하게 고개를 끄덕였다.

"저 또한 무척 힘들 거라고 생각합니다. 하지만 한번 녹림과 다른 길을 가기로 마음먹었으니 감당해야지요. 저는 제가 할 수 있다고 생각합니다."

"잘되길 바라겠소."

연무흔이 진지한 표정으로 말했다.

혹시 아는가?

이들이 녹림과 비견될 거대한 세력으로 성장할지.

그렇게 된다면 자신은 또 다른 든든한 아군을 얻는 것이었다. 그러니 잘되길 바라는 건 당연할 수밖에.

"한데 이쪽에 자리를 잡은 것이오? 보아하니 여기서 나를 기다린 것 같은데."

"아, 이 근처는 맞지만 이곳은 아닙니다. 이렇게 은인님을 기다리고 있었던 건 근처에 계신다는 소문을 듣고, 말씀드릴 게 있어 찾아뵌 것입니다."

"말해 줄 것이라? 그게 뭐요?"

"녹림에 관한 이야기입니다. 이건 아직 녹림 쪽에 잠입해 있는 형제들에게 들은 이야기인데……."

이어지는 적로원의 말에 연무흔의 표정이 진지해졌다.

"놈들과 남사도련이 손을 잡았다는군요. 둘이 힘을 합쳐 투신문의 패권을 노리고 있다고 합니다."

"……!"

정말 그 말만을 하려고 온 건지, 적호원은 내가 들고 갈 수 있을 만큼의 식량과 재물을 넘기고 떠나갔다.

연무흔은 무거워진 짐을 말에 싣고 잠시 생각에 잠겼다.

그런 그에게 곽향이 조심스럽게 물었다.

"정말일까요?"

"그럴 수도 있고, 아닐 수도 있지."

"예?"

"저쪽에서 녹림이라는 적을 우리 보고 치워 달라고 은밀히 수작을 부린 걸 수도 있어. 반대로 진짜로 정보를 듣고 전한 걸 수도 있고. 아, 정보 자체는 사실이지만 전자의 의도도 어느 정도 들어가 있다는 가능성도 있겠군."

저들, 호림문 입장에서는 녹림은 사라져야 할 존재였으니 말이다.

연무흔이 대신 치워 준다면 손 안 대고 코를 푸는 격이겠지.

'머리를 꽤 잘 썼군.'

투신문과는 친분을 유지하면서 자신의 이득을 꾀하다니 말이다.

어쨌든 연무흔도 새로운 정보를 얻게 되는 것이니 불만은 없었다.

"녹림과 남사도련이 손을 잡은 게 사실이라면 저희의 귀주상연회부터 공격하려고 하겠군요."

"곽 호법 생각도 그렇지?"

현재 귀주 지역의 경제권은 귀주상인연합회가 꽉 잡고 있는 상황이었다.

그리고 그 귀주상연회의 초대 회주는 투신문도인 신종

산이었다. 즉, 연합 자체가 투신문의 영향력 아래 놓여 있는 거나 마찬가지.

그런 상황에서 귀주상연이 공격당하면 그 원망은 투신문에게 올 것이다. 사태를 빨리 해결하지 못하면 불만이 커지겠지.

'그리고 불만이 커지면 투신문의 지배력이 그만큼 흔들리게 될 테고.'

아마 남사도련은 그 틈을 타 귀주의 지배권을 다시 가져오려는 속셈일 것이다.

뻔하지만 잘 먹히는 전략이었다. 알고도 당할 수밖에 없으니까.

"역시 일단은 문도수를 늘려서 대응할 수밖에……."

"아니, 그것도 근본적인 해결책은 아니야. 어쨌든 공격당하는 건 어디가 될지 모르니까."

순식간에 대문파 규모의 인원만큼 확충되지 않는 이상, 투신문이 모든 습격을 막는 건 불가능했다.

아무리 열심히 뛴다고 하더라도 어딘가에서 구멍은 날 테니 말이다.

"어렵군요. 솔직히 어떻게 해야 할지 모르겠습니다."

곽향이 한숨을 내쉬며 말했다. 그에 연무흔이 피식 웃었다.

"뭘 그리 어렵게 생각하고 그래? 크게 생각해 보면 지금까지와 다를 것도 없는 것을."

"예? 지금까지와 다를 게 없다니요?"

"귀주현가와 싸울 때를 생각해 보게. 자넨 우리가 가만히 앉아서 공격이 들어오기를 기다리기만 했던 것 같나?"

아니었다.

공격이 들어온다는 걸 모른다면 모를까.

일단 한 대 맞고 시작하는 건 연무흔의 취향이 아니었다.

"그렇다면……!"

곽향이 뭔가 깨달았다는 듯 눈을 부릅떴다.

연무흔은 고개를 끄덕였다.

"그래. 놈들이 뭔가 하기 전에 선수를 쳐야지."

감히 어중간한 마음으로는 덤빌 엄두를 못 내도록 말이다.

연무흔의 입가에 진한 미소가 서렸다.

그리고 다음 날.

연무흔과 곽향이 지나간 자리에는 소문이 하나 퍼지기 시작했다.

녹림과 남사도련이 손을 잡고 귀주의 상인들을 약탈하기로 했다는 소문이었다.

"이런 빌어먹을!"

쾅!

남사도련의 귀주 지부장, 파쇄창 적호는 부하로부터 올라온 보고를 듣고 책상을 걷어찼다.

분위기가 싸해질 만큼 폭력적인 행동이었지만 아무도 그를 말릴 수가 없었다.

지금 들어온 보고는 그만큼 좋지 않았기 때문이다.

"도대체 어디서 정보가 새어 나간 거야!"

그는 부하들을 향해 버럭 소리를 질렀다.

녹림과 남사도련이 손을 잡았다는 건 극비 사항에 가까웠다.

한데 이렇게 소문이 나돌고 있다는 건 녹림이나 남사도련 측에서 누군가 이야기를 발설했다는 뜻이있다. 이는 자칫하면 일이 시작부터 어그러질 수도 있다는 위험한 신호였다.

"지, 진정하십시오, 지부장님."

"지금 진정하게 생겼어? 상인들의 분위기는 어떻지?"

"무척이나 좋지 않습니다. 발 빠른 몇몇은 벌써 투신문 쪽에 도움을 요청하러 갔다고 합니다. 물론 아직 소수에 불과하지만……."

"시간이 지나면 대부분이 그쪽에 더 의존하게 되겠지. 그렇다면 투신문의 영향력은 더 강해지는 거고."

"형님, 차라리 잘된 거 아닙니까?"

지부장실에 서 있던 거한이 고개를 갸웃하며 말했다.

그는 적호의 의동생이자 부지부장인 전홍성이었다. 적호는 전홍성의 말에 고개를 갸웃했다.

"잘됐다니?"

"어차피 저희의 목적은 투신문의 영향력을 끊어 내고 놈들의 평판을 땅으로 박아 버리는 것 아닙니까. 그렇다면 이렇게 미리 놈들에게 의존하게 하는 게 더 좋지 않겠습니까?"

"흐음. 그것도 확실히 그렇긴 하군."

아무것도 모르는 상황에서 처음 습격을 당한다면 사람들은 녹림도 욕을 할 것이다.

하지만 이미 투신문에게 도움을 요청한 상황에서 그런 일을 겪으면?

'물론 우리 욕이 제일 많겠지만.'

원망의 화살은 투신문 쪽을 향해 돌아가게 될 것이다. 사람 심리라는 게 그랬으니까. 그런 면에서 보자면 확실히 이 소문은 잘만 이용하면 도움이 될지도 몰랐다.

'그리고 우리와 녹림의 습격이 관계있다는 건 나중에 부정하면 되잖아?'

적호의 얼굴에 음습한 미소가 서렸다. 그렇게 그가 앞으로 어떻게 할지 한참 고민하던 때였다.

"지, 지부장님. 손님이 오셨습니다."

"손님? 누구냐?"

"그것이…… 투신문주입니다."

"뭐?!"

깜짝 놀란 적호가 자리에서 일어났다. 그건 그 자리에 있던 다른 사람들도 마찬가지였다.

여기서 투신문주 연무흔이 찾아올 거라고는 누구도 상상하지 못했기 때문이다.

적호는 황급히 연무흔이 기다리고 있다는 정문으로 다가갔다. 그곳에는 연무흔을 비롯한 꽤 많은 사람들이 모여 있었다.

"이렇게 보는 건 처음이군. 투신문주 연무흔이오."

"남사도련의 귀주 지부장인 적호요. 그런데 왜 안으로 들어오지 않고 이곳에 있소? 또 뒤에 있는 사람들은 누구고?"

아무리 봐도 무림인은 아닌 것처럼 보이는데 말이다.

하지만 적호는 이어지는 연무흔의 말에 경악할 수밖에 없었다.

"이들은 귀주상인연합회에 가입된 상인분들이오. 최근 돌고 있는 소문 때문에 본 문에 와서 도움을 요청하신 분들이지."

"……!"

"나는 저들의 부탁을 받아들여 이 자리에 소문에 대한 해명을 들으러 온 것이오."

연무흔의 말에 적호가 순간 할 말을 잃었다.

설마 고작 해명을 듣기 위해 이렇게 대문 앞까지 쳐들어 올 거라고는 생각도 못 했기 때문이다.

하지만 그도 한 지부를 책임지는 자.

적호는 금방 냉정을 되찾았다.

"최근 도는 참담한 소문에 대한 이야기는 나도 들었소. 하지만 그 소문은 우리 남사도련 귀주 지부를 음해하려는 세력이 퍼뜨린 헛소문일 뿐이오. 그대는 설마 그런 걸 믿고 여기까지 이렇게 요란하게 찾아온 것이오?"

'어차피 잡아떼면 저쪽에서 할 수 있는 건 없다!'

현시점에서 그들이 녹림과 손을 잡았다는 증거는 존재하지 않았으니 말이다. 그러니 연무흔이 아무리 뛰어난 재주를 가졌다 하더라도 이걸로 추궁을 할 수는 없었다.

하지만 그걸 모르는 게 아닐 텐데, 연무흔은 아무런 표정 변화도 없었다.

"정말 장담할 수 있소?"

"그렇다니까. 설마 아무런 근거도 없이 본 련을 의심하는 것이오?"

"아무런 근거가 없지는 않지. 그쪽과 우리가 다투고 있다는 건 귀주 무림에서 모르는 사람이 없으니까."

"하지만 이번 일은 별개지 않소?!"

"흐음, 좋소. 그게 남사도련 귀주 지부의 입장이라면 받아들이지."

연무흔의 대답에 적호가 미소를 지었다.

하지만 그는 이어지는 연무흔의 말에 표정을 굳힐 수밖에 없었다.

"다만 이게 거짓말이라 밝혀지면 대가를 치러야 할 것이오."

"그게 무슨……."

"나중에 소문대로 녹림의 습격이 발생하고, 그때 사로잡은 녹림도의 입에서 남사도련의 이름이 나온다면 가만두지 않겠다는 소리요. 그대들은 거짓말을 하며 우리를 기만한 것이니까."

"……!"

그 순간 적호는 깨달을 수 있었다.

'이 자식, 설마 이렇게 많은 상인들을 데려온 이유가?'

아예 이 말을 확실하게 퍼뜨리기 위해서였던가?

적호의 얼굴에 식은땀이 흘렀다.

하지만 그러거나 말거나 연무흔은 담담히 말을 이었다.

"그리고 만약 그렇게 된다면."

그의 눈빛이 서늘하게 빛났다.

"그날부로 남사도련 귀주 지부는 사라지게 될 것이오."

"……!"

적호의 얼굴에 경악이 떠올랐다.

하지만 적호가 뭐라고 하기도 전이었다.

"하! 어린놈의 시건방짐이 하늘을 찌르는구나."

그렇게 말하며 앞으로 나선 건 남사도련 귀주 지부의 부지부장인 전홍성이었다.

그의 얼굴에는 노기가 가득했다.

"지금 감히 근거도 없는 뜬소문으로 우리 남사도련을 핍박하려는 것이냐?"

"핍박이라."

연무흔은 입꼬리를 비틀었다.

"나는 그 소문이 사실이었을 때의 경우밖에 말하지 않았소만. 만약 진짜 당신네들이 녹림과 손을 잡지 않았더라면 아무래도 상관없는 일 아니오?"

"우스운 소리! 네놈이 이렇게 말하는 것 자체가 본 련을 핍박하려는 의도임을 모를 줄 아느냐?"

그가 내공을 담아서 소리를 지르자, 뒤에 있던 상인들 중 몇몇의 안색이 창백해졌다.

연무흔은 그들에게 피해가 가지 않게 투신기를 끌어올렸다. 거대한 기막이 형성되자 그들의 표정이 좀 더 편해졌다.

"지금 보니 상인들을 상대로 핍박은 그쪽이 하고 있는 것 같은데."

"닥쳐라! 네놈이 이렇게 저들을 우르르 끌고 오지만 않았어도 이런 일은 벌어지지 않았을 것이다!"

"아, 그래서 내 잘못이다? 어이가 없군. 방귀 뀐 놈이 성낸 다더니 딱 그 꼴이오."

"이 건방진 놈이……."

전홍성의 얼굴에 살기가 번들거렸다.

"네놈은 이전부터 마음에 들지 않았다."

"마음이 통했군. 나도 당신은 처음 봤을 때부터 마음에 들지 않았던 참이오."

"닥쳐라! 윗선에서는 할 수 있으면 어떻게든 네놈을 포섭하라고 했지만, 네놈 같은 잡것은 포섭해 봤자 조직에 분란만 일으키겠지."

"그런 사람을 데려가려고 시도했다가 몇 번이나 거절당한 조직의 사람이 할 말은 아닐 텐데?"

"이 잡것이 정녕……!"

이를 악문 전홍성이 앞으로 나서려고 했다.

"진정해라, 홍성."

하지만 그런 그를 적호가 말렸다. 전홍성이 억울하다는 듯 소리를 쳤다.

"하지만 형님!"

"진정하래두!"

전홍성은 엄격한 적호의 목소리에 그제야 입을 다물었다. 하지만 그의 표정은 여전히 불만이 가득해 보였다.

피식 웃은 연무흔이 전홍성에게 전음을 보냈다.

[마치 말 잘 듣는 개 같군. 하긴 머리가 안 좋으면 주인의 명령이라도 잘 따라야지.]

"이 새끼가!"

전음을 들은 전홍성의 눈이 뒤집혔다.

"홍성아!"

이번에는 적호의 호통도 소용이 없었다.

전홍성은 이성을 반쯤 잃은 채 허리춤에 매달려 있던 몽둥이를 꺼내 들었다.

"머리통을 박살 내 주마!"

그는 그렇게 말하며 있는 힘껏 가시 달린 몽둥이를 내리쳤다.

덩치에 어울리지 않는 무척 빠른 움직임.

하지만 연무흔은 물러서지 않고 들고 있던 언월도를 맞서 휘두를 뿐이었다.

쩌어어엉!

커다란 소리와 함께 충격파가 사방으로 터져 나갔다.

"큭!"

"무, 물러나!"

"피해!"

뒤에 있던 상인들이 황급히 몸을 피했다. 연무흔은 그들이 떨어진 것을 확인하고 투신기를 끌어올렸다.

쾅!

대기가 떨리며 강한 힘이 언월도 끝으로 모여들었다. 전홍성의 눈이 순간 커졌다.

아무리 분노했다고 해도 그는 남사도련의 부지부장 자리까지 오른 고수.

그런 만큼 실전 경험 하나는 무척 풍부했다. 그는 힘 싸움을 계속 벌이는 대신 뒤로 물러나 태세를 정비했다.

그런 전홍성을 연무흔이 비웃었다.

"도망치는 솜씨 하나는 일품이군."

"이 개자식이 자꾸……!"

"그만하라니까!"

쾅!

그때였다.

적호가 거세게 진각을 밟았다.

사방으로 파편이 튀며 살벌한 살기가 터져 나갔다. 적호는 연무흔을 노려보며 말했다.

"투신문주, 계속 내 아우를 도발하면 나도 참지 않을 것이오."

"참지 않을 거라면?"

"이곳이 어디인지 잊었소?"

그는 그렇게 말하며 주변을 고갯짓했다. 주변에는 백 명이 넘는 무인들이 무기를 꺼내 들고 있었다.

"아무리 당신이라도 이 숫자를 혼자 감당할 수는 없을

것이오."
"내가 언제 혼자라고 했지?"
"뭐? 그게 무슨……."
적호의 말이 멈췄다.
그 순간 무시 못 할 정도의 기세를 뿜는 이들이 속속들이 나타났기 때문이다.
"주군, 명령만 내려 주십시오."
그들은 곽향을 필두로 한 투신문의 무인들이었다.
적호의 얼굴이 일그러졌다. 연무흔 혼자라면 어떻게든 죽여 볼 만했는데, 투신문도들이 이렇게 한 번에 몰려오면 답이 없었기 때문이었다.
자칫하면 정말 전면전을 각오해야 하는 상황.
이렇게 된다면 설령 이긴다고 하더라도 큰 피해를 감수해야 했다. 그리고 그렇게 된다면 남사도련의 귀주 지부는 망하는 것과 다름이 없었다.
"투신문주, 정말…… 이렇게 나올 거요?"
"먼저 개수작을 부린 건 그쪽이다."
연무흔의 말투가 바뀌었다.
동시에 그에게서 뿜어져 나오는 기세도 달라졌다.
적호의 얼굴에 경악이 서렸다. 그의 기세는 자신조차 감당하기 힘들 정도로 강맹했기 때문이다.
'어떻게 저 어린 나이에 저런 경지에 오를 수가 있지?'

이 정도면 남사도련의 최고 간부들과 비교해도 손색이 없을 성도였다.

적호의 얼굴에 긴장이 서렸다.

이대로 격돌하면 승리를 장담하지 못하는 상황.

아니, 설령 승리를 따내더라도 큰 피해를 입을 게 뻔한 상황이었다.

조직의 장으로서 그는 결정을 내려야 했다.

"……방금의 무례를 사과드리겠소."

"혀, 형님?!"

옆에서 전홍성의 경악성이 들려왔다.

그뿐만이 아니었다. 거의 백에 달하는 남사도련의 지부원들 모두 경악한 채 그를 바라보았다.

"다만 그와는 별개로 최근 도는 소문에 대해서는 오해라는 말을 다시 한번 드리고 싶소. 그러니 이만 물러나 주기를 청하오."

"흐음……."

연무흔은 잠시 고민하더니 빙그레 웃었다.

"싫다면?"

"……!"

설마 거절당할 줄은 몰랐는지 적호의 입이 벌어졌다.

하지만 연무흔은 당당했다.

"원래는 경고만 하고 물러나려고 했다. 하지만 그쪽은

나를 모욕하더니 기어이 먼저 무기를 뽑아 공격을 하지 않았나?"

"……!"

전홍성의 눈동자가 떨렸다. 확실히 먼저 무기를 뽑은 건 그였기 때문이었다.

"그, 그건 네놈이 나를 도발해서……!"

"어이가 없군. 먼저 나를 두고 잡것이 뭐니 하던 건 벌써 기억에서 지웠나 보지?"

연무흔은 그렇게 말하며 월도를 치켜들었다.

스산한 살기가 남사도련 사람들을 덮쳤다.

"나는 솔직히 여기서 한판 붙어도 상관없다고 생각한다. 아니, 상관없는 게 아니라 그편이 더 깔끔하겠군."

"투신문주, 정녕 그렇게 나올 거요?"

"그렇게 나올 거냐니? 먼저 시작한 게 누구인지 다시 말해 줘야겠나?"

연무흔이 날카로운 눈빛으로 그들을 바라보았다.

"두 가지 선택지를 주지. 여기서 전쟁을 벌이거나, 아니면 방금 전에 범했던 무례에 대해 제대로 된 사과를 해라."

"……!"

"물론 말뿐인 사죄가 되어서는 안 되겠지. 선택은 너희들의 자유다. 하지만 한번 선택하면 다시 돌이킬 수 없다는 걸 알아 두도록."

최후통첩이었다.

적호는 피가 나기 직전까지 입술을 깨물었다.

한참 동안 이어진 고민 끝에 그가 입을 열었다.

"다시 한번 제대로 사죄하겠소. 그 대가라고 하기엔 뭐하지만 그대에게 무례를 저지른 내 아우에겐 근신 처분을 내리도록 하지."

"형님!"

전홍성이 소리를 질렀지만 저호의 결정은 변하지 않았다.

그는 지금 투신문과 붙지 않는 게 최선이라는 결정을 내렸으니까.

"좋아. 받아들이지."

연무흔은 그렇게 말하고 빙그레 웃었다.

동시에 공간을 지배하던 투기가 걷혔다.

연무흔은 다시 격식을 차린 말투로 말했다.

"부디 앞으로도 현명한 판단을 내리길 바라겠소."

"……."

적호는 대답하지 않았다.

연무흔 또한 대답을 바라고 한 말이 아닌지, 그저 휙 돌아서며 말했다.

"가자."

연무흔의 뒤를 투신문의 문도들이 따라갔다.

마치 전쟁에서 승리하고 돌아가는 군대를 보는 듯한 위

풍당당한 모습이었다.

적호는 매서운 눈빛으로 그들의 뒷모습을 바라보았다.

'지금은 내가 먼저 숙였지만 이대로 넘어가지는 않을 것이다.'

언젠가 이 치욕을 되갚아 주리라고 적호는 결심했다.

물론…….

'이제 조금이면 되겠군.'

그런 반응이야말로 연무흔이 바라는 것이었지만 말이다.

남사도련의 귀주 지부장이 투신문주에게 무릎을 꿇었다!

이 소식은 순식간에 귀주 전역으로 퍼져 나갔다.

당연했다.

그곳에 있던 이들은 남사도련과 투신문의 무인들뿐만 아니라, 각지에서 모인 상인들도 있었기 때문이다.

"정말 그 파쇄창이 먼저 고개를 숙였다고?"

"투신문주가 강하긴 한가 보군."

"소문을 듣고 대책을 논의하러 가긴 했지만 이런 결과가 나올 줄은 정말 상상도 못 했다네."

반응은 꽤나 격했다.

남사도련의 지부장이 이렇게 저자세로 나오리라곤 생각

도 못 했으니까.

특히 그는 지금껏 자신의 영역에서는 거의 왕처럼 지낸 사람이었다. 그런데 그런 사람이 자신보다 훨씬 어린 사람한테 기세에서 밀려 사과를 하다니…….

솔직히 많은 사람들이 고소해했다.

그중에 가장 즐거워한 이들은 북사도련 출신의 무인들이었다.

태생부터가 남사도련과는 앙숙일 수밖에 없는 만큼, 그들은 적호의 굴욕에 기뻐했다.

특히 연무흔과 친분이 있는 절영도 혜령은 투신문에 직접 찾아와 술을 선물할 정도였다. 그녀는 잔도 없이 병나발을 불며 깔깔 웃었다.

"속이 정말 뻥 뚫리는 기분이네요. 그 건방진 놈들을 혼쭐내 주실 줄이야! 역시 투신문과 동맹을 맺길 잘했어요."

"그저 그쪽에서 한 대로 되갚아 줬을 뿐이오. 애초에 투신문을 먼저 건드리려고 한 건 놈들이니까."

"그러니까 말이에요. 몇 번 당하고도 저러는 걸 보면 학습 능력이 없나?"

그녀는 즐겁다는 듯 웃었지만 이내 정색했다.

"하지만 조심해야 해요. 놈들도 그냥 넘어가지는 않을 테니까. 이번 일은 남사도련 전체의 굴욕으로 받아들여질 수도 있는 만큼 놈들의 본 단에서 지원이 올지도 몰라요."

혜령은 꽤 심각한 표정으로 말했다.

그녀가 말하는 건 남사도련의 최고 간부가 올지도 모른다는 소리나 마찬가지였으니까.

그리고 남사도련 정도 덩치를 가진 문파의 최고 간부쯤 되면 화경의 고수가 대부분이었다.

아무리 눈앞의 연무흔이 강하다고 하나, 화경의 고수는 쉬이 볼 상대가 아니었다.

"아마 그렇게 되겠지."

"……설마 그걸 노리고 벌인 일이었나요?"

"글쎄."

연무흔은 능청스럽게 웃었다.

혜령은 잠시 멍한 표정을 지었다.

자신의 추측이 맞다면, 연무흔은 자기 손으로 화경의 고수씩이나 되는 적을 불러낸 것이기 때문이었다.

'어째서? 설마 그런 적이 와도 확실히 이길 자신이 있다는 건가?'

그녀는 잠시 놀란 표정을 지었다.

하지만 그것도 잠시였다. 다시 미소를 되찾은 그녀가 말했다.

"정말 당신이라는 남자는 예상을 못 하겠군요."

"굳이 예상을 하고 말고 할 필요가 어디 있겠소? 동맹끼리인데."

"그건 그렇지만요."

혜령이 배시시 웃었고 연무흔도 그녀를 따라 웃었다.

그는 술잔을 기울이며 생각했다.

'그래, 아마 화경의 고수가 올 수도 있겠지.'

남사도련은 이 일을 심각하게 받아들일 확률이 컸으니 말이다.

하지만 오히려 그건 연무흔이 바라는 바였다. 그는 지금 누구보다도 강자와의 싸움을 바라고 있기 때문이었다.

'투신지로는 경험을 먹고 자라나는 무공이지.'

지금의 그는 이 단계라 할 수 있는 입도지경에 머물러 있었다.

하지만 여기서 자신의 목숨을 위협할 수 있는 고수와 생사결을 벌여 승리한다면?

'어쩌면 이번에야말로 입신지경(入新之境)의 벽을 뚫을 수도 있을 거다.'

연무흔의 눈이 날카롭게 빛났다.

아주 오래전.

패왕의 시대가 저문 이후 나타난 사도련은 한때 모든 사파 문파를 다스린다는 말이 나올 만큼 거대한 세력이었다.

하지만 그들의 영광은 오래가지 못했다. 모종의 이유로 발생한 내전 때문에 남과 북으로 나뉘어 찢어졌던 것이다.

그 와중에 따로 독립하여 나간 세력도 부지기수요, 사파 세력 자체의 힘도 약해져 예전만큼의 권위를 찾지 못하고 있긴 했지만…….

그럼에도 남북 사도련을 무시하는 세력은 없었다.

설령 둘로 나뉘었다고 해도 그들은 여전히 강자였기 때문이다. 남이든 북이든 그들의 전력을 한데 모으면 어지간한 대문파라고 해도 상대할 수 있었다.

한데 그런 사도련 출신의 무인이, 심지어 지부장이라는 놈이 겁을 집어먹고 꼬리를 내린 일이 발생했다.

그것도 만들어진 지 얼마 되지도 않은 문파의 애송이를 상대로 말이다.

당연히 당사자인 남사도련은 난리가 났다. 내부에서는 책임자인 적호를 처벌해야 한다는 의견도 적지 않았다.

하지만 남사도련의 주인, 귀안마군(鬼眼魔君) 천금조는 적호를 벌하지 않았다.

그는 대신 적호를 호출해 직접 왜 그랬는지 이유를 물었다.

이유는 충격적이었다.

"그놈과 싸우면 큰 피해를 입을 것 같아서 한발 물러났다고?"

"예."

그렇게 말하는 적호의 태도는 담담했다.

반대로 천금조의 표정은 심각해졌다. 그가 생각할 때 석호는 나름대로 쓸 만한 부하였기 때문이다.

"투룡이 그 정도란 말인가?"

현장에 있던 적호가 그런 판단을 내릴 정도였다면 투신문주 연무흔은 분명 최소 적호 이상 가는 고수가 분명했다.

솔직히 믿기지가 않긴 했다.

듣기로는 분명 나이가 이립(而立 : 30세)도 되지 않았다고 하지 않았나?

한데 오랜 시간 강호에서 활동하던 고수들보다 강한 힘을 얻었다니.

상식적이지 않았기 때문이다. 하지만 천금조는 곧 한숨을 내쉬며 그런 생각을 털어 냈다.

"하긴 놀라운 일이나 상식적이지 않은 일들이 빈번하게 일어나는 게 바로 이 무림이라는 곳이지. 그래, 어쨌거나 이제 놈을 포섭한다는 계획은 물 건너갔군."

"죄송합니다."

"괜찮다. 어차피 놈이 북사도련의 떨거지들과 손을 잡았을 때부터 이쪽으로 올 가능성은 없다고 생각했으니까."

상식적으로 그런 강자가 있다면 아래로 회유하는 게 낫겠지만…….

어차피 안 되는 일은 안 되는 일이니 말이다.

"게다가 놈은 본 련의 명예를 땅바닥에 처박아 버리지 않았나. 이제는 회유보다는 어떻게 없앨지 생각해 봐야 해."

"……."

"적 지부장. 자네와 귀주 지부가 전력을 다하면 투신문을 밀어 버릴 수 있나?"

"솔직히 힘들 것 같습니다. 만약 전멸을 각오하고 싸운다면 큰 피해를 입힐 수는 있겠지만…… 그래도 이길 거라고 완전히 확신할 수는 없습니다."

"그래?"

듣기에 따라 탐탁지 않을 수 있는 대답이었지만 천금조는 화를 내지 않았다.

애초에 적이 그런 수준이었다면 이야기가 여기까지 흘러오지 않았을 것이다.

"그렇다면 지원을 보내야겠군. 하지만 최근 주변 정세가 심상치 않아. 무력대를 통째로 보내는 일은 불가능해."

게다가 그렇게 한다면 북사도련 측에서도 동맹인 투신문을 지키기 위해 고수를 파견할 게 뻔했다.

그랬다간 곧장 세력전이 펼쳐지는 것이었다. 그렇게 벌어진 싸움은 언제나 그렇듯 양측에 큰 피해만 남기고 얻는 것도 없어지겠지.

'아니, 오히려 이번엔 우리만 손해 보고 끝날 수도 있다.'

북사도련하고만 싸우면 모를까, 이번에는 투신문이 중간에 끼어 있으니 말이다. 아마 일방적으로 당하며 끝나지 않을까.

"그렇다면 최대한 신속하면서도 눈에 띄지 않고, 투신문주를 상대할 만한 사람을 보내야겠군."

"생각해 두신 사람이라도 있으십니까?"

"마침 한가하게 빈둥빈둥 노는 사람이 한 명 있긴 해."

적호는 이어지는 친금조의 말에 놀라고 말았다.

"추풍마도(秋風魔刀) 이연성."

"……!"

그는 남사도련의 장로이자 손속이 잔인하기로 유명한 화경의 고수였다.

젊은 시절엔 정파인들과 분쟁을 일으켜 수많은 싸움을 벌이고 별호에 마(魔)자가 붙었을 만큼 많은 악행을 저지른 인물이기도 했다.

"분명 투룡 연무흔은 앞으로 크게 될 인재다. 이대로 가만히 놔둔다면 계속 성장해서 하늘을 가릴 만한 거대한 거목이 되겠지."

어쩌면 남사도련이라는 조직을 이끌고 있는 자신 이상의 고수가 될지도 몰랐다. 이 성장세라면 빠른 시일 안에 군(君)을 넘어 황(皇)이나 제(帝)가 붙은 별호를 가진 사람으로 성장할 것이다.

"하지만 그래 봤자 아직은 애송이일 뿐이야."

천금조는 그렇게 말하며 눈을 빛냈다.

"그러니 성장하기 전에 찍어 눌러 버려야지."

추풍마도 이연성이라면 충분히 그 역할을 해 줄 수 있을 것이다.

"하압!"

타악!

"합!"

퍽!

기합 소리와 함께 목검 부딪치는 소리가 연무장에 울려 퍼졌다.

투신문도들이 한참 훈련을 하면서 내는 소리였다. 연무흔은 그들을 바라보며 커다란 목소리로 소리쳤다.

"진을 흐트러뜨리지 마라! 힘들다고 함부로 자신이 맡은 방위를 방어해 내지 못하면 자신은 물론, 옆에 있는 동료들의 목숨도 위험해진다는 걸 상기해라. 죽는 한이 있더라도 자신이 맡은 방위를 지켜!"

"예!"

문도들이 우렁차게 대답했다.

연무흔은 그 뒤에도 침착하게 그들을 지도했다.

그가 하고 있는 것은 바로 패왕 시절 만들었던 삼인 일조의 방어진을 가르치는 것이었다.

잘 숙달되기만 한다면 한 단계 수준 높은 무인을 상대로도 능히 방어전을 펼칠 수 있게 해 주는 전법이었다.

숫자가 모자라지만 정예함을 추구하는 현 투신문도들에게 있어 꼭 필요한 전법이기도 했다.

"좋다. 이제 잠시 휴식을 취하도록. 바로 드러눕지 말고 내가 알려 준 금강호신결을 운용해라. 이 잠깐 동안의 수련이 너희들의 육신을 더 강하고 단단하게 만들어 줄 것이다."

한참 수련이 이어진 후, 연무흔은 휴식을 선언했다.

그리고 그의 말에 따라 가부좌를 틀고 금강호신결을 운용하는 문도들.

연무흔은 흐뭇한 눈으로 그들을 바라보았다. 자신이 그렇게 크게 관여한 건 아닌데 군기가 꽤 잘 잡혀 있었기 때문이었다.

'소 총관이 고생 좀 했겠어. 지금까지의 교육 대부분은 혼자서 담당했을 텐데.'

이 정도 성과는 오롯이 그의 공이었다.

'상으로 영약이라도 구해 줘야겠군.'

그렇게 생각하고 있던 중이었다.

"……!"

돌연 멀리서부터 살기가 느껴졌다.

연무흔은 즉시 대문 근처에 있던 수하들에게 소리쳤다.

"대문에서 떨어져라!"

내공을 실은 호통에 문도들이 반사적으로 움직여 대문에서 벗어났다.

쾅!

"……!"

커다란 소리와 함께 투신문의 대문짝이 박살 났다.

먼지구름이 피어오르는 속에서 한 노인이 모습을 드러냈다.

"여기가 투신문인지 뭔지 하는 잡것들이 있는 곳이냐?"

그렇게 말하는 목소리는 무척이나 카랑카랑했다.

딱 봐도 상대가 성질 더러운 노인네인 걸 알 수 있을 정도로.

하지만 연무흔은 상대의 모습보단 상대가 뿜어내는 기세에 집중했다.

투신문 전체를 짓누를 수 있을 만큼 압도적인 살기.

틀림없었다.

'화경의 고수야.'

그의 표정이 진지해졌다.

"노인장은 뉘시오?"

"본인은 남사도련에서 온 이연성이라는 사람이다. 네놈

들의 오만을 징벌하러 온 사신이기도 하지."

"추풍마도!"

문도들 중 몇몇이 깜짝 놀랐다는 듯 소리를 질렀다.

그만큼 추풍마도 이연성의 이름은 널리 퍼져 있었기 때문이다. 하지만 연무흔은 그저 들고 있던 언월도로 땅을 내리찍을 뿐이었다.

쾅!

"……!"

투신기의 기파가 터져 나가며 당황한 수하들을 훑고 지나갔다. 순식간에 연무흔에게 시선이 집중되었다. 연무흔은 조용한 목소리로 말했다.

"모두 진정하고 뒤로 물러나 있도록 해라. 다른 병력의 습격에 대비해서 방어진을 준비하고 있도록."

"예!"

문도들은 다급히 세 명씩 모여 사방에 경계 태세를 취했다. 그 모습을 흥미롭게 본 이연성이 입꼬리를 올렸다.

"만들어진 지 얼마 되지도 않은 별것 아닌 문파 주제에 꽤 규율이 잡혀 있구나."

"노인장은 혼자 오셨소? 다른 사람들은 보이지 않는 것 같소만."

"끌끌! 너 같은 어린 것 하나 죽이는데 다른 놈들의 도움이 뭐 필요하겠느냐? 련주에게 명을 받은 이후 남사도련 귀주 지부에 들르지 않고 바로 이곳으로 왔느니라."

"귀주 지부장이 알면 아주 머리를 쥐어뜯을 만한 소식이군."

연무흔은 피식 웃으며 그렇게 말했다.

이 노인과 남사도련 귀주 지부가 함께 왔다면 솔직히 큰 피해를 감수해야 했을 텐데…….

만약 이 노인 혼자서 온 거면 이야기가 달라졌기 때문이었다.

"너무 오만한 것 아니오?"

"하하, 오만이라? 오만한 건 네놈이겠지."

이연성이 자신의 태도를 치켜들며 말을 이었다.

"내가 혼자 왔다고 해서 감히 너 따위가 나를 어떻게 할 수 있을 것 같으냐? 벽을 넘지도 못한 주제에."

저 자신감도 이해가 안 가는 건 아니었다.

초절정의 고수와 화경의 고수를 나누는 벽.

대부분의 무림인들은 끝내 넘지 못한 채 생을 마감하게 되는 그것.

그것을 넘은 사람들과 아닌 사람들의 차이는 무척이나 컸다.

벽을 넘어 화경의 고수가 된 사람은 정기신의 일체를 이루어 신체부터가 자신의 무공에 맞게 특화되기 때문이었다. 그렇게 강화되는 전력은 어지간한 초절정 고수의 몇 배였다.

“네놈의 목을 베고 뒤에서 벌벌 떠는 머저리들을 싹 다 죽인 다음 돌아가면 딱 저녁 먹을 시간이 되겠구나. 오랜만에 지부에서 대접을 받아 보는 것도 좋겠지.”

“글쎄, 저녁은 지부가 아니라 저승에서 드실 수도 있을 거요.”

“건방진 놈이 입만 살았구나. 어디 무공도 입을 놀리는 것만큼 할 수 있나 볼까?”

이연성은 그렇게 말하며 태도를 내뻗었다.

분명 거대하고 묵직한 무기일 텐데 그것은 마치 가벼운 검이라도 되는 것처럼 엄청나게 빠른 속도로 움직였다.

구경하고 있는 몇몇 투신문도들은 그 움직임을 놓칠 정도였다.

하지만.

캉!

“호오?”

연무흔은 가볍게 언월도를 비트는 것만으로 그의 공격을 막아 내었다.

“그래도 아예 쭉정이는 아니었구나!”

이연성은 그렇게 소리치며 연속해서 공격을 이어 나갔다.

무시무시한 기세를 담은 참격이 연이어 펼쳐진다. 한 방 한 방이 거대한 나무를 베어 쓰러뜨릴 수도 있을 만큼 날카로운 공격.

하지만 연무흔은 침착하게 거리를 벌리며 그 공격을 맞받아쳤다.

카가가가강!

사방으로 불똥이 튀며 순식간에 수십 합이 오갔다. 이연성은 날카로운 눈으로 연무흔을 살폈다.

'어떻게 초절정밖에 되지 않은 녀석이 이렇게 안정적으로 방어를 할 수 있는 거지?'

보통 초절정 고수라면 이쯤 됐으면 땀을 삘삘 흘리거나 막기 어려워하면서 동요를 보여야 했다. 하지만 눈앞의 연무흔은 너무나도 평온하게 자신의 공격을 막아 내고 있었다.

'보통 녀석이 아니군.'

귀주 지부에서 끝날 일이 왜 굳이 자신에게까지 왔는지 이제야 이해할 수 있었다. 그에 이연성이 진심을 다하기 위해 기세를 끌어올릴 때였다.

연무흔이 피식 웃으며 입을 열었다.

"기대했건만 화경의 고수도 별것 아니군."

"이……!"

이연성의 눈에 쌍심지가 켜졌다.

(패왕전생 4권에서 계속)